為美好的世界獻上爆焰！3
兩人合力最強！的回合
U0075204
Kadokawa Fantastic Novels

惠惠
——吾乃惠惠！職業乃大法師，
使用的乃是最強之攻擊魔法，爆裂魔法……！

我想今後也會不時發生
像剛才那樣的爆炸，還請多多關照了……
賽西莉姊姊，
給我零用錢！

吾乃芸芸！
身為大法師，擅使中級魔法，
乃終將成為紅魔族長之人！

惠惠老是這樣！妳哪裡像是紅魔族首屈一指的天才了啊，根本就是完全記不住任何重要事情的笨蛋嘛！
你看，這邊有蔬菜棒喔～過來、過來～

大家好，我是正好路過的大魔法師。
你們竟然排擠本小姐，
自己打得這麼熱鬧啊。

霍斯特
……打倒那個傢伙的是妳啊。原來如此。
……惠惠？

CONTENTS

暁 なつめ
illustration 三嶋くろね

Kadokawa Fantastic Novels

序章

遠方傳來一道男生在怒吼的聲音。

我閉上眼睛聽著，一邊回想起自己現在的狀況。

——這裡是新進冒險者的城鎮，阿克塞爾。

別名起始的城鎮，是低等級的冒險者們為了尋求同伴而聚集的地方。

對喔。

離開紅魔族的故鄉並踏上旅途的我，一面保護商隊，一面來到了這個城鎮。

然後，領隊為了答謝我保護商隊，讓我住進了這間旅店——

「真不應該來異世界！重來！我要求重來！」

就在我專心思考的時候，怒吼聲再次傳來。

……異世界？

樓下是不是有人酒醉鬧事啊？

「我也想重來啊，臭尼特！我才想說呢，誰要跟你這種看起來沒什麼優點的乾癟男人一起來啊，要是有個更有勇者風範的型男哄我開心不知道有多好！」

「妳這個臭婆娘——！」

到底在吵什麼架啊？

我下了床，打開窗戶，看見鮮豔的晚霞布滿了阿克塞爾的天空。

一從窗戶俯視馬路，就看見結束工作的冒險者們，雖然是一副疲憊的模樣，還是帶著笑容昂首闊步。

那些冒險者的裝備各不相同，幾乎沒有人穿著齊全的鎧甲。

從小隊的編制來看，前鋒和後衛的平衡度多半也是有些偏頗。

那當然了。

這裡是新進冒險者的城鎮。

對我而言，這個城鎮是起跑線，不過是一個中繼站。

我想，自己應該是不會在這裡待太久才對。

把手肘拄在窗緣，我望著外面，看見一個應該是工作完剛回來，頂著一頭暗沉金髮的冒險者，對著走在他身後的同伴們開心地說：

「喂，今天的收穫比原本預計的還要多，我們就來奢侈一下吧！」

「好耶——！我要常溫的翠綠尼祿依德和瓊脂史萊姆定食！」

「呀哈——！那我要冰冰涼涼的啤酒和酥炸蟾蜍定食！」

「你、你們喔，要奢侈也等我們的裝備齊全一點之後再說吧…………不過，算了，偶一為之無所謂吧……那我也要啤酒和酥炸蟾蜍定食！」

……即將大放異彩，成為世界知名的大法師的我，實在不打算在這個新進冒險者的城鎮待太久。

「琳恩！奇斯！泰勒！我們今天就來喝個通宵吧！」

不過，這個城鎮的冒險者看起來真是相當開心啊——

第一章
新手城鎮的冒險者們

1

擊退了覬覦點仔的跟蹤狂厄妮絲之後，商隊的領隊先生給了我們禮金，還為我們安排了高級的旅店。

來到這個城鎮之後一直在睡覺的我，似乎被樓下傳來的這個大聲咆哮給吵醒了。

「——搞屁啊！我是現代小孩耶，最好是在馬廄睡得著啦！」

商隊的領隊先生幫我安排的是二樓最裡面的房間。

明明是這種地方，樓下的叫罵聲卻再次傳了過來。

「我也不想睡馬廄啊！可是沒錢就是沒錢，我也不能怎樣嘛！」

看來是有人無法忍受在馬廄過夜，正在大吵大鬧的樣子。

大概是剛來到這個城鎮的新進冒險者之類的吧。

「這和我想像中的冒險者生活不一樣！冒險者就應該大賺一筆，住在最好的客房，大肆飲酒作樂到宿醉才對啊！」

「誰理你啊，跟我說這種話也沒用啊！艾莉絲教徒大叔給我們的錢，只剩下一千艾莉絲了喔！我們還是拿這筆錢去吃晚餐，然後就早點睡覺吧！」

「可、可惡——！我來這裡可不是為了過這種生活啊！」

一邊聽著這樣的喧嚷，我一邊走向芸芸入住的隔壁房間。

——新進冒險者聚集的城鎮，阿克塞爾。

只要是冒險者，任何人都會先來這個城鎮。

「芸芸，妳醒著嗎？剛剛有不知道是哪裡來的冒險者在大吵大鬧，害我被吵醒了。要不要一起下去一樓吃飯？」

我敲了敲隔壁房間的門，結果睡眼惺忪的芸芸就走了出來。

「既然妳還在睡，不用勉強和我一起下樓去也沒差喔。」

「……我要去。難得有人找我一起吃飯。」

…………

我帶著說話令人心酸的芸芸下樓去。

旅店這種地方，一樓多半都是餐廳兼酒吧。

也許剛好是碰上用餐時段，我們在擠滿人的酒吧裡找到位子，點了聽說是這個城鎮特產

的酥炸蟾蜍定食來吃。

吃著店家端上來的定食，我和芸芸討論著今後的事情。

「好了，雖然我們今天才剛經歷過不少事情，但既然都像這樣來到一個陌生的城鎮了，總不能一直悠哉下去。我們先決定一下明天之後的計畫吧。」

「也對。我們暫時還得靠接任務賺取生活費呢。為此，我們必須先找同伴才行。」

找同伴啊。

如此一來，我們應該要先去這個城鎮的冒險者公會才對吧。

「芸芸也想找同伴嗎？使用爆裂魔法之後我會因為耗盡魔力而動彈不得，要是沒有人跟著就成不了事所以不得不找，但是芸芸的話，一個人也有辦法解一些簡單的任務吧？」

「一個人的話我會擔心被怪物包圍，而且我也很想擁有和我一起冒險的同伴啊。大家在同一間旅店過夜，一起去吃飯。完成大型任務的那一天，大家在酒吧裡一起乾杯之類的……等等，一開始我離開故鄉是因為一時衝動，想不到這樣的生活好像也還不錯耶……」

芸芸一邊拿叉子戳著炸蟾蜍，一邊不知道在嘟囔什麼。

「這樣的話，明天就是要找同伴了呢。聽說冒險者公會好像有募集隊友的公布欄。明天就先去那裡看看吧。而且，還可以順便問一下要怎樣才可以接任務。」

我丟下眼睛閃閃發亮，不知道是在想什麼的芸芸，去找來這裡吃飯的人們收集情報。

為了完成我來這個城鎮的另外一個目的。

「——不好意思，可以請教一下嗎？」

「喔，有什麼事嗎，小妹妹？這麼晚了妳怎麼還在這種地方逗留？」

「妳媽會擔心喔，還是趕快回家吧。」

我找隔壁桌的兩位大叔搭話，結果劈頭就被當成小孩對待了。

「不，我好歹也是一介冒險者。你們看，看過這個就知道了，看啊！」

因為被當成小孩而有點不爽的我，把自己的冒險者卡片硬是塞到他們眼前。

「抱、抱歉，是我不好！所以，怎麼了小妹妹，有什麼事嗎？」

「是這樣的，其實我有點事情想請問你們。我聽說，這個城鎮有個會使用爆裂魔法的魔法師……」

「「爆裂魔法？」」

大概是聽見魔法的專有名詞搞不太懂吧，他們歪過頭表示不解。

「是最強的攻擊魔法。我聽說這裡有個美女巨乳魔法師，所以才來到這個城鎮……」

「美女巨乳魔法師……喔，一定是在說那位店老闆吧！」

「沒錯沒錯，就是貧窮店老闆吧！」

「貧、貧窮店老闆？」

我得到了一個出乎意料的答案。

「她在這個城鎮很出名，是某間魔道具店的老闆。」

「是啊，她原本是冒險者，是個厲害的魔法師。」

原本是冒險者的厲害魔法師。

她會是我在找的那個人嗎？

不過，貧窮店老闆這個稱呼讓我有點在意。

那個人給我的感覺明明是穩重又能幹，難道做生意的眼光是要另當別論的嗎？

請他們告訴我那間店的位置之後，我牢牢記在心裡。

知道在哪裡了，這樣我隨時就都可以去見她了。

如此一來，剩下的就是讓她看到我成長茁壯的一面……

「……總之，我還是先練到在這個城鎮能成為獨當一面的冒險者之後再去見她吧。」

只是，一旦知道真的有機會見到本人，反而讓我有點退縮了。

2

「好了芸芸，我們走吧！妳可要拿出氣勢來喔！」

「我、我知道啦，可是妳為什麼一大早就這麼亢奮啊！」

還沒摸清這個城鎮的我們，一大早就前往冒險者公會。

「妳在說什麼啊，我們期待已久的冒險生活今天就要正式開始了耶！和未曾見過的強敵們展開令人振奮不已的戰鬥！以吾之爆裂魔法大肆轟炸怪物們！光是稍微想像一下我就快不行了！這教我怎麼能不亢奮呢！」

走在大街上的我興奮地揮著法杖。

「我、我知道了！我知道了嘛，妳講話小聲一點啦！」

而芸芸顯得很害羞，一邊東張西望，一邊對我這麼說。

時間還很早，所以路上還沒有什麼人。

為了找同伴，我們首先來到冒險者公會。

在這扇門後面，多的是未來的儲備英雄。

使勁呼著氣的我駐足在門前，對芸芸說：

「芸芸，妳聽好喔。這種時候第一句話最重要了。這裡是充滿凶神惡煞的冒險者公會，我們是新來的，又還年輕，肯定會被瞧不起。等一下一推開門就要大聲說出報名號台詞喔！

千萬不能讓他們小看紅魔族！」

「咦咦！要、要說嗎？別這樣啦，太引人注目了！」

「報名號就是為了要引人注目而說的啊，妳這個女孩到底是在說什麼啊！好了，我要開門嘍！」

「啊啊啊啊……希望可怕的人不要來糾纏我們，不要來糾纏我們……！」

在開門的同時，我翻動披風，放聲大喊！

「吾乃惠惠！身為紅魔族首屈一指的魔法高手，擅使爆裂……魔法……」

結果裡面沒半個人在。

「好、好丟臉喔……！」

在我身後抱著點仔的芸芸滿臉通紅，肩膀不住顫抖。

聽她這麼說，我的臉也有點熱了起來。

「來了來了……哎呀，妳們怎麼這麼早來啊？」

正當我們以為公會裡面沒有任何人在的時候，一位像是職員的大姊姊從內場走了出來。

我再次環視公會，但別說是找工作的冒險者了，就連附設的酒吧也沒有一般民眾上門。

我調適了一下心情，朝著坐到櫃檯旁的大姊姊走了過去。

「妳、妳好。我是大法師，名叫惠惠。那個，因為我是第一次以冒險者的身分找工作，

不知道該怎麼辦才好……」

「啊，看妳的眼睛……應該是紅魔族吧？原來如此，我記得紅魔族在學校就會辦冒險者卡片了是吧。那麼，妳手上應該已經有卡片嘍？在工作之前，原則上還是得先查驗一下卡片的資料，確認妳有沒有前科之類……」

聽經辦的大姊姊這麼說，而我正準備給她看卡片的時候，赫然驚覺到一件事。

「不好意思，可以晚一點再給妳查驗卡片嗎？具體說來，我想等到聚集了更多其他冒險者之後再說。」

「？可以是可以……」

我先行離開一臉難以理解的大姊姊身邊，坐到附近的餐桌座位上。

「惠惠，妳不讓她查驗卡片嗎？那我就先辦了喔。」

「沒關係。我要等人多一點之後再辦。」

芸芸露出一臉狐疑的表情，然後就將卡片交給了經辦的大姊姊。

「那麼，我就來看一下妳的卡片……咦！不、不愧是紅魔族，太厲害了！我還是第一次看到有人的魔力這麼高耶！」

「謝、謝謝……」

聽著她們的這番對話，我揚起嘴角，決定繼續等人來。

3

公會裡的人慢慢多了起來，有人在酒吧用餐，有人在公布欄尋找看有沒有什麼好賺的工作而不住思索，開始變得人聲鼎沸。

聽著很有酒吧風格的喧囂，我輕聲自言自語：

「……差不多是時候了吧。」

說著，我站了起來，而坐在桌子對面吃著義大利麵的芸芸抬起頭來說：

「吶，妳為什麼要刻意等到人變得這麼多才要去查驗卡片啊？不久之前還沒有人的時候就去的話，馬上就可以辦好手續了說……」

我對完全搞不清楚狀況的芸芸說了聲「我去辦一下」，然後就朝櫃檯前的人群走去。

順道一提，這種時候，選擇櫃檯有個規矩。

要選最漂亮的櫃檯小姐。

這樣的櫃檯小姐或許是公會之花，或者原本是超強的冒險者，總之往往都有著令人驚喜的隱藏發展。

我在學校有上過這個，算是這個業界的常識。

「下一位請……哎呀，妳是紅魔族吧？」

頭髮帶點波浪捲的巨乳美女櫃檯小姐，看著我的眼睛這麼說。

「沒錯，我是紅魔族。我打算從今天起以這個城鎮為據點，所以來查驗冒險者卡片。」

「原來如此，那麼請讓我看一下……這、這是……！太厲害了，不愧是紅魔族，智力和魔力的數值都高得嚇人……！」

櫃檯小姐驚叫出聲，冒險者們聽見了也開始交頭接耳。

對，我就是想來這招。櫃檯小姐看了我的素質大吃一驚，其他冒險者也跟著議論紛紛！如此一來，這個城鎮的冒險者也不敢瞧不起我……

「雖然不及昨天那個人，但是魔力依然相當突出……好了，妳沒有前科，卡片也是真的。那麼，妳隨時都可以接工作了喔。」

……怪了？

「請等一下，妳說『雖然不及昨天那個人』？也就是有人擁有比我還強大的魔力嗎？」

「是啊，前一天有人前來辦理登錄冒險者……那個人因為智力不足，所以無法選擇魔法師系的職業，不過我記得，她好像是選擇了大祭司吧。」

大祭司？

「哦，昨天那個喔。」

「就是那個吧。」

「明明長得那麼漂亮，可是那個啊……她還說自己是神呢。」

「如果不是阿克西斯教徒就好了。還有，如果她不會說那種讓人聽不下去的話，我就會挖角她了說……」

「就因為是阿克西斯教的祭司，她才會大聲嚷著那種讓人聽不下去的話吧。」

櫃檯小姐提起昨天的事情，讓不經意聽著我們對話的冒險者們輕聲如此交談。

那個是怎樣？

是指那個大祭司嗎？

總之，既然那個人選擇走上大祭司的道路，就不會阻礙到以成為最強的大法師為目標的我，所以算了。

現在還有更重要的事情……

「吶，我說妳啊！現在還沒加入小隊吧？妳在這城鎮已經決定要跟誰一起冒險了嗎？」

「喂，等一下，你太奸詐了吧！是我先來的耶！」

「我的小隊有兩個上級職業喔！妳意下如何？」

聽見我和櫃檯小姐的對話之後，冒險者們紛紛過來挖角我。

4

——我在酒吧的一角，聽一對男女自我介紹。

「我名叫萊茲，職業是戰士。她是盜賊萊娜。請多指教！」

「我叫惠惠，請多指教。」

「「……是本名嗎？」」

「是本名啊。你們對我的名字有意見就說啊，我洗耳恭聽。」

「不、不是！沒有意見啦！對喔，這麼說來，妳是紅魔族嘛……」

「嗯，我、我覺得這個名字很棒呢！」

說著，他們兩個頓時慌了起來。

我決定加入這對自稱是兄妹的兩人組小隊。

一般的冒險者小隊差不多是四到六人。

我之所以決定加入人數較少的小隊，是因為這樣可以分到的報酬就會比較多。

現在，我手邊只有商隊的領隊先生給我的禮金，所以必須盡快多賺一點錢才行。

忽然，我有點在意芸芸，便看向座位區，發現她一直在東張西望，形跡相當可疑。

看來她是看見招募小隊成員的告示，想要跟那個小隊搭話讓她加入，卻遲遲開不了口。

她舉起一隻微微抖動的手輕聲說著「請問……」，卻被喧囂蓋過，沒能讓對方聽見。

這是個治療芸芸溝通障礙的好機會。現在還是別幫她，讓她自己想辦法解決吧。

「怎麼了嗎？是還有其他妳在意的冒險者嗎？」

「加上惠惠也只是三人小隊，再增加一些成員也可以喔。」

「不，沒什麼。總之，我們先接個有關討伐的任務再說吧。先出個一次任務，確認一下我們這個小隊合不合得來。也就是所謂的試用期。」

我這麼說，他們似乎也沒有異議。

遙遠的另一頭，芸芸在慌亂一陣子之後，去找櫃檯人員要了紙，不知道寫了什麼。

看來她已經迅速放棄主動搭話，決定自己募集小隊成員了。

「有討伐栗子鼠的任務啊。惠惠，這個如何？」

「這個季節的栗子鼠很肥美也很好吃，我覺得相當不錯喔。」

栗子鼠是什麼啊？

說牠肥美又說牠好吃，大概是可以吃的怪物吧。

現在是食慾之秋。是栗子正好吃的季節。

這種怪物的名字真是令人心動啊。

「那就接這個吧！」

因為是第一次出任務，我有點興奮地點了頭。

5

栗子鼠。

牠們喜歡吃栗子，據說肉質柔嫩又好吃。

大小和中型犬相當的栗子鼠，是一種動作相當敏捷，會闖進城鎮的農業區，亂吃農家種出來的秋收作物的怪物。

「惠惠、惠惠！有一大群跑來我這邊了！來了來了，已經過來了啦！拜託妳用魔法掃蕩牠們吧！萊娜掩護惠惠，別讓老鼠們靠近她！」

「哥哥，危險！有一隻躲在暗處！」

「哇啊！好險……！」

萊茲手上的盾牌響起金屬聲。

他以盾牌擋下栗子鼠的衝撞。

「交給我吧，這種程度的數量只需要一招！請幫我爭取一點時間！」

「沒、沒問題嗎？數量不下十幾二十隻喔！總、總之，麻煩妳盡快！」

「哥哥，前面、前面！」

聽到對著鼠群投擲飛刀的萊娜如此大喊，萊茲連忙舉起盾牌。

在金屬聲再次響起的同時，栗子鼠身上的刺也刮過盾牌，發出刺耳的聲響。

栗子鼠這種名字很可愛的怪物，全身上下就像栗子的殼斗一樣長滿尖刺。

如果中了牠們衝撞的不是身穿金屬防具的人，應該會受重傷吧。

在萊娜接連射出飛刀一一解決栗子鼠們之際，萊茲也已經快要抵擋不住了。

或許是因為不得失敗的緊張感導致，一道汗滑過我的臉頰。

終於，我結束了魔法的詠唱並舉起法杖對兩人吶喊：

「請你們兩個遠離敵人！我會對著栗子鼠聚集的地方中央出招！」

「「收到！」」

兩人從鼠群旁邊退開。

同時，我大喊！

「『Explosion』——！」

閃光從法杖前端迸射而出，刺進成群的栗子鼠中央。

命中的地方發出白色的光芒，光與熱隨著龐大的魔力脹起。

隨著傳遍整個農業區的巨響，我的魔法不由分說地消滅了栗子鼠。

爆裂魔法的威力不止於此，不但連栗子鼠賴以採食的栗樹也全炸斷了，還震倒了萊茲和萊娜。

在他們一面尖叫，一面在地面上滾動的同時，我也被魔法的餘波震倒在地上，並享受著掃蕩大量怪物的爽快感。

……不過，下一次我應該要對自己的魔法有效範圍掌握得更確實一點。

「呼……呼……這、這這這這……」

「這這、這是怎樣——！」

萊娜和萊茲站了起來，環顧周邊的慘況，放聲慘叫。

「哼，區區栗子鼠，只要我出手，結果就如你們所見！剛才的魔法正是吾之奧義，終極的攻擊魔法——爆裂魔法！」

「爆、爆裂魔法！我記得，那招就算學會了也會因為消耗魔力太過龐大而幾乎無人能夠

發動……就是那個爆裂魔法嗎！大家都說那是搞笑魔法，但這到底是哪裡搞笑了？這已經完全改變地形了耶！」

「居然一招就解決了那麼大量的栗子鼠……好、好厲害……！」

兩人對著洋洋得意的我發出讚嘆。

然後，萊茲對我說：

「那麼，我們再到其他有栗子鼠在作亂的地方去吧。還有，下次妳可不可以用別的魔法啊？討伐栗子鼠的報酬非常微薄，請公會收購鼠肉才是最主要的收入喔。」

「沒錯沒錯，而且妳在炸飛栗子鼠的時候還把這一帶的栗樹都連根拔起了呢。不知道要賠多少錢才行……也罷，獵個一百隻栗子鼠大概就賺得到錢了吧。話說回來……」

說著，萊娜在我身邊蹲下。

「——妳要在那裡躺到什麼時候啊？是不是被炸飛的時候受傷了？」

然後一臉擔心地這麼說。

「不，這純粹是因為耗盡魔力無法動彈而已。所以我今天已經不能再施展魔法了……」

萊茲一面忍不住偷瞄把鼻頭湊到我的臉上聞個不停的點仔，一面對我說：

「有那麼消耗魔力喔？既然如此，明天開始只好暫時封印那個魔法了。明天請妳用別的魔法吧。那招叫作爆裂魔法的，就等到緊要關頭再拜託妳了。」

「對啊，平常就靠中級魔法或上級魔法……」

我對接連這麼表示的兩人說：

「我不會用。」

「……？不會用什麼？」

「啊，妳不會用上級魔法嗎？那用中級魔法就夠了……」

「不，爆裂魔法以外的魔法我都不會用。我學會的魔法只有爆裂魔法。」

「「…………」」

兩人沉默了半晌，萊茲終於開了口。

「呃，妳真的只會用那個魔法嗎？」

「是的。」

「……也就是說，妳只能一天發一次剛才那招魔法？」

「是的。」

兩人又好一陣子沒說話之後……

「「……我們商量一下，妳等等。」」

「咦？」

兩人這麼說完，就離開倒在地上的我身邊。

還俯臥在地上的我聽不到他們在商量些什麼。

不久之後，他們回來了。

「久等了……這個嘛，該怎麼說呢，我覺得像我們這種初出茅廬的冒險者，好像沒辦法讓惠惠有適當的表現機會。」

「對、對啊對啊，妳的爆裂魔法那麼厲害，在我們的小隊裡根本就是大材小用了。」

兩人說出這種謙虛的話。

「我並不介意喔。你們能夠慢慢成長就可以了……」

互相彌補彼此的不足，才叫作小隊嘛。

但是，聽我這麼說，萊茲連忙搖頭：

「不不不，說穿了，像我們這種新手二人組，居然想找紅魔族的大法師當同伴，根本是不知分寸嘛！」

「嗯！而、而且，我們也不是上級職業或什麼的啊！該說是不相稱或是不平衡吧！」

嗯……既然他們都這麼說了，那也沒辦法。

「這次的任務因為把栗樹也連根拔起了，大概得賠錢吧，不過這部分我們來付就好！」

「是啊，所以等我們再變強一點，配得上惠惠之後，到時候再說吧，好嗎？」

如此強烈表示的兩人撐起我，就這樣一起回到公會去。

6

傷腦筋了。

再怎麼說，要今天剛認識的人幫我賠償自己炸掉的樹木也讓我不太好意思，所以我自己貼了錢，但是……

「一下子就把錢用光了呢……」

因為耗盡魔力的疲倦感而趴在桌子上的我，打開變輕的錢包看著裡面。

距離我的座位稍遠的酒吧角落，芸芸無所事事地獨自坐在桌子旁邊，吃著東西。

在我出任務的這段時間，都沒有人去找她嗎？

魔力稍微恢復了一點之後，我忽然有點好奇，就跑去找芸芸貼的募集小隊成員告示……

【募集小隊成員。溫柔的人，說話很無聊也願意聽下去的人，不會取笑怪名字的人。不出任務的日子也願意和我在一起的人。徵求前鋒職業。可以的話最好是年紀相仿的人。募集者是最近剛滿十三歲的大法師——】

這是在募集朋友或男朋友什麼的吧。

把募集告示寫得這麼沉重應該不會有人來吧……

讓我想去吐嘈她的點很多，可是現在我光是自己的事情就自顧不暇了。

……沒錯，雖然我不太想這麼認為，但剛才那兩個人說不定是在說我派不上用場吧。

那兩個人嘴上是說自己的實力跟不上我，不過那或許只是用場面話把我打發掉……

——就在我的心情快要跌到谷底的時候。

「喂，新來的！居然連秋刀魚都不知道，你之前過的是什麼生活啊！」

「不、不是啦，秋刀魚我知道，我知道啦。秋刀魚是魚對吧？你是要作菜單上的這個『鹽烤秋刀魚定食』對吧？」

公會裡附設的酒吧的老闆，和一名棕髮少年不知道起了什麼爭執。

那是我來到這個城鎮那天，在馬車上看見的那個人。

因為他穿著奇特的衣服，我記得很清楚。

看來，那個棕髮少年是酒吧僱用的兼職人員。

雖然早上沒看到他，不過大概是今天才開始打工的吧。

「沒錯，就是那個秋刀魚。是魚啦，是魚沒錯。身上有鱗片會跳來跳去的東西。到了這個季節特別肥美好吃的那個。」

「我知道，這個我也很清楚。那麼，不好意思，可以請你再說一次我該做什麼嗎？」

「去公會後面的田裡，抓兩條秋刀魚回來。」

「瞧不起人啊。」

少年把圍裙扔向老闆，大發雷霆。

那就是時下所謂的熊孩子嗎？

不過就是去田裡抓秋刀魚的簡單工作，是有什麼好不高興的啊。

正當棕髮少年和老闆開始吵架時，一個水藍色頭髮的女服務生經過他們身邊。也不知道是怎麼辦到的，她雙手拿了數量多到驚人的啤酒杯。

我記得，她好像是和棕髮少年一起行動的人。

她也和少年一樣，是今天才開始在這裡打工的吧。

「久等了！幫你們上冰到透心涼的深紅尼祿依德——！」

「喔，終於來了……噗哈！這是什麼，只是清水嘛！喂，妳在整我們啊！」

「新來的！妳是什麼意思，從剛才開始就一直端水給客人！我調的酒都消失到哪去了！該不會是被妳偷喝了吧！」

原本還在和少年吵架的老闆如此怒斥女服務生。

「不、不是啦！只是因為我的手指碰到酒了……！聽我說嘛！我的體質就是這樣！其實我是水之女神……！」

「喂，給我聽好了，大叔！別以為我是剛來到這個城鎮的小鬼就可以這樣欺負我！當繭居族當了那麼久的我，才剛想要認真工作居然就碰上這種事情！這是怎樣，職權騷擾嗎？叫我做那種莫名奇妙的事情，看我不知所措的模樣，讓你覺得很開心嗎！」

哭著求情的少女和惱羞成怒的少年。

面對這樣的兩人，老闆的額頭爆出青筋。

「吵死了——！是你們兩個說了一堆莫名其妙的話才對吧！你們都被開除了，開除！」

聽到開除宣告，少年終於和老闆扭打了起來，而少女也不顧旁人地放聲大哭起來。

……和那些人比起來，我還算是過得去的吧。

稍微找回了一點自信之後，我決定今天就先回旅店休息了。

——和芸芸一起走在回旅店的路上。

「惠惠，妳今天如何？找到好的小隊了嗎？」

「沒有，我是和別人一起出了任務沒錯……但是他們說我待在那個小隊是大材小用，而拒絕了我。」

「這樣啊。惠惠的魔法是很強，可是也很挑使用的時機跟場合呢。」

說著，或許是因為剛到這個城鎮來，對這裡還很好奇的關係，芸芸到處東張西望。

「對了，芸芸好像貼了募集小隊成員的告示對吧，有人來找妳嗎？」

「有啊。有是有啦……可是來的是一個怎麼看都和我爸爸差不多年紀的大叔，說什麼『妳十三歲啊？叔叔……不對，我也十三歲喔！告示上面說妳徵求的是前鋒職業？包在我身上，叔叔……我是高等級的十字騎士！就由我來保護小妹妹吧！』之類的。」

「妳拒絕他了吧？妳當然拒絕他了對吧！」

「拒、拒絕是拒絕了……可是那個人又陪我聊天，還請我吃午餐，好像是個很好的人。他還說明天會再來陪我聊天……」

「明天要是那個人又來找妳攀談，妳千萬別理他喔！還有，募集小隊成員的告示也要重

新寫一張內容認真一點的！」

「咦咦？我、我又沒有隨便亂寫……！」

7

——隔天。

「歡迎光臨——啊，妳是冒險者吧？今天公會好像要宣布注意事項，記得去櫃檯聽取說明喔。」

女服務生對來到公會的我這麼說。

注意事項？

滿心疑惑的我往櫃檯走去，經辦人員正好在為冒險者們說明。

「公會接獲在森林裡面遇見惡魔型怪物的目擊情報。而且，聽說並不是魔怪那種下級的惡魔型怪物。惡魔型怪物有的會用魔法，有的智能很高，多半都是強敵。公會這邊目前正在進行調查，對實力沒有自信的小隊，請避免從事森林裡的任務。」

聽見這番話，到處都傳出冒險者們的嘆息。

森林裡的任務，有很多都很好賺。

新進冒險者的主流練功法，似乎是先狩獵名為巨型蟾蜍的怪物練等級，練到能夠穩定狩獵蟾蜍之後，就進到森林去——

聽完注意事項之後，我去看了張貼募集小隊成員告示的公布欄。

商隊的領隊先生為了答謝我們而安排旅店的時候，先幫我們付了兩個星期的住宿費。

在兩個星期後被趕出旅店之前，我希望可以找到隊員，確保收入來源。

「今天去找主動募集隊員的小隊好了。」

我一邊這樣喃喃著，就開始確認張貼在上面的告示。

這時，我找到芸芸新貼的募集告示。

【募集小隊成員。想找的是聊到一半就聊不下去也不會介意的人，隊友每天都來找自己也不會感到厭煩的人，不會因為對方說話的時候沒有看著自己的眼睛就生氣的人。不論職業、不論年齡。】

她似乎在募集條件的職業和年齡方面妥協了。

不過，我覺得她妥協的方向不太對耶……

我不禁看向今天依然在酒吧的角落等待希望入隊的人的芸芸。

芸芸一個人玩著踏上旅途時帶出來的對戰型桌上遊戲。

那樣寂寞的身影教人覺得心酸，我是想去跟她搭話，但這對芸芸來說也是修練的一環。

於是我就繼續瀏覽張貼出來的募集隊員告示。告示的內容五花八門……

【募集魔法師及祭司。目前有三名隊員，分別是劍術大師、長槍手、盜賊，是認真想要討伐魔王的小隊。只要有心，即使是新手也非常歡迎。要不要和我們一起拯救世界呢？】

有像這樣，自以為是勇者的告示。

【募集小隊成員。募集者為十字騎士與盜賊的二人組。~~募集具備鬼畜性癖的廢人。~~募集一名前鋒職業，兩名後衛職業。徵求知情達理的正常人。】

也有像這樣被畫線塗改過的告示。

而且這張告示前半和後半的筆跡不一樣，也不知道塗改的地方原本到底是寫了什麼。

猶豫了一陣子之後，我在公布欄上找到一張看起來不錯的告示。

【募集小隊成員。小隊人數目前為四名。兩名前鋒職業，一名艾莉絲教祭司及一名弓手。募集魔法師。】

小隊編制還不錯。

於是我就去找了張貼募集告示的小隊接受面試。

「──原來如此，妳叫惠惠啊。名字還真有紅魔族風範呢。我是這個小隊的隊長，名叫艾因。我很期待妳的表現喔。」

腰間掛著劍，看似戰士的男子這麼說。

除了他之外，還有一個拿著長槍的人、戴著艾莉絲教的項鍊的祭司，以及背著一張巨弓的人。

他們像是在掂我的斤兩似的看著我。

隊員全部都是男性，平均等級為十二。

這個等級，差不多已經脫離新進冒險者的行列了。

「請多指教。那麼，為了了解彼此的實力，我們立刻去接個任務如何？」

「也對……好，那我們進森林去吧。聽說有人看見惡魔型的怪物，不過既然有紅魔族的魔法師在，應該不成問題吧。這樣可以嗎？」

「我無所謂。無論是惡魔還是任何敵人，我都可以一招解決掉。」

聽見我充滿信心的回答，隊員們都笑了。

8

在城鎮附近的廣大森林之中，艾因的叫罵聲大作。

「數量太多了！傑克、湯瑪斯，和惠惠一起退到後面！羅德跟我一起驅散這些傢伙！」

我們接的任務，是狩獵森林裡大量出現的史萊姆。

這種名叫史萊姆的怪物，如果尺寸不大的話是沒有什麼威脅性，但要是吃了東西並巨大化了之後，就會變成一流冒險者也難以對付的棘手怪物。

不怕物理攻擊，在破壞牠體內稱為核的部分之前都會繼續活動下去。

「艾因，武器對這些傢伙起不了什麼作用！惠惠，妳有辦法用魔法解決牠們嗎？」

名叫羅德的人拿長槍刺穿附近的史萊姆，同時如此大喊。

「不好意思，以這個狀況來說，各位現在的位置會遭到波及，如果能到更寬敞一點的地方就可以了……」

「這、這樣啊，沒辦法了！喂，羅德，咱們上！」

「可惡，只好這樣了！」

我們後衛無計可施，只能看著兩名前鋒驅逐那些史萊姆。

終於，兩人帶著急促的呼吸，以及像是灼傷的傷勢回來了。

名叫湯瑪斯的祭司跑到他們身邊，治療他們的傷勢。

「幸好史萊姆的尺寸不大。惠惠，怎麼樣啊？我和羅德的表現及格了嗎？」

「那是當然，你們都很帥氣呢。下次就輪到我展現實力了。」

聽我這麼說，艾因和羅德都靦腆一笑，說了聲「期待妳的表現」之後就轉過頭去。

「——為什麼血腥飛鼠會出現在這種地方？牠們應該是棲息在森林更深處的怪物吧！」

「我們攻擊不到牠們！傑克、惠惠！你們用弓箭和魔法把牠們射下來！」

前進到森林深處的我們，遭到一群大型飛鼠攻擊。

艾因和羅德以武器嚇唬滑翔而至的飛鼠，不讓牠們接近我們，同時如此吶喊。

「不、不好意思，那些飛鼠聚集在這麼矮的地方，會讓魔法打在我們附近！」

「真的假的！不然有沒有什麼比較適合的魔法……可惡，傑克！你設法解決吧！」

「我、我知道了，交給我吧！」

在傑克一隻又一隻射下飛來飛去的血腥飛鼠之際，我為了不讓點仔遭受攻擊而將牠抱進懷裡，然後低下頭，以免妨礙到大家。

這時，有某種液體滴滴答答地撒在我的帽子上。

那是怎樣？

天上一點雲也沒有，應該不是下雨才對……

這時，艾因把盾牌高舉過頭，同時厲聲大喊：

「血腥飛鼠會將標記用的尿液撒在獵物身上！被淋到的話，那股強烈的臭味一個星期都洗不掉，要小心啊！」

於是我明知打不到，卻還是憑著怒氣亂揮法杖，試圖打下血腥飛鼠。

「喂，惠惠，妳在幹嘛啊？乖乖低著頭別動！」

「別阻止我，我要把那些可恨的飛鼠殺到絕種才會息怒！」

在湯瑪斯從背後架著我的時候，血腥飛鼠已經幾乎都被射殺，或許是知道情況對自己不利，剩下的飛鼠也都逃走了。

「──我的寶貝帽子就這樣遭殃了……看來只能用水洗一洗，在旅店裡放到臭味消失為止了……」

擊退飛鼠之後，大家稍事休息，而我把散發著強烈臭味的帽子放在兩手之間憤憤看著。

這時，羅德過來對坐在殘幹上的我說：

「喂。我有點事想問妳，是要在怎樣的狀況下妳才能用魔法啊？」

「怎、怎樣的狀況喔……在沒有任何東西會遭受波及的寬廣地方，距離敵人也夠遠，類似這樣的狀況吧？」

看來是因為在前兩次戰鬥中我都沒能派上用場，讓羅德開始不信任我了吧。

「原來如此。看來進森林是錯誤的決定。今天就當作是讓妳確認我們的實力好了。明天開始，我們就在平原上狩獵吧。」

艾因在一旁聽見了便如此表示，隨後站了起來。

在感到過意不去的同時，我不禁覺得自己很沒用。

就在這個時候。

樹叢突然沙沙作響，有東西從裡面蹦了出來。

「史萊姆？大概是被血腥飛鼠的血腥味吸引過來的吧。正好，這樣就可以完成任務了……」

蹦出來的是史萊姆，不過……！

「「「好、好大！」」」

那隻史萊姆的體型，有個小倉房那麼大。

「喂，不妙啊！這個大小我們處理不來！快逃吧！」
「可、可是，把成長到這麼大的史萊姆放著不管好嗎？要是現在不處理牠，下次再來的時候會長到沒有人能對付得了的大小吧！何況這裡還散落著我們打倒的飛鼠的屍體，不缺吃的東西……！」
艾因和羅德驚慌失措，傑克和湯瑪斯也無計可施，呆立在原地。
於是我輕聲對他們四個說：
「請離開那隻史萊姆身邊。」
聽我這麼說，四人轉過頭來。
「怎、怎麼，妳想用魔法嗎？」
「現在還是三十六計走為上策……」
儘管對我這麼說，四人還是遠離了巨大的史萊姆。
至於那隻史萊姆，早已開始進食，將飛鼠的屍體吸進體內。
或許是因為食物很豐盛的關係，牠完全沒有要理會我們的意思。
我對著史萊姆開始詠唱咒文，而四人也都已經退到我的身後。

「我、我說，史萊姆對魔法的抗性也很強不是嗎？小隻的也就算了，那個大小的史萊姆，即使是紅魔族也解決不了吧？」

「噓，閉嘴啦。這是確認新隊員的實力的好機會。就算打不倒也沒關係，能夠對那麼大的史萊姆造成傷害的話，以我們的小隊成員而言也已經足夠了。」

羅德和艾因的聲音從我身後傳來。

「只好放棄這次的報酬了。更重要的是，居然有那麼大的史萊姆在這種地方，回到公會之後得立刻報告才行。」

已經開始準備撤退的傑克這麼說。

「那隻史萊姆大成那個樣子，說不定報告的時候就可以拿到報酬了……咦？這、這是什麼？」

身為祭司的湯瑪斯聽見我的詠唱，困惑地大叫。

「怎麼了，湯瑪斯？新隊員的魔法怎麼了嗎？」

「哦，惠惠身邊冒出靜電來了耶。這是什麼，電擊系的魔法嗎？」

和湯姆斯正好相反，艾因與羅德興致勃勃地說出這種悠哉的話。

在場的人當中，只有除了我以外唯一會用魔法的湯瑪斯察覺到，我接下來準備發動的魔法，規模非比尋常。

看見湯瑪斯的臉色越來越蒼白，其他三個人再次注視著我。

「喂，惠惠，妳不需要嘗試打倒那隻史萊姆也無所謂喔！這個城鎮沒有任何一個冒險者有辦法打倒那麼大隻的史萊姆。向公會報告過以後，他們就會從別的城鎮找厲害的冒險者過來了啦。」

「吶，我說，沒問題吧？總覺得空氣好像在震動耶……」

艾因和羅德不安地這麼說。

繼續詠唱的我，對著狂吃飛鼠屍體的史萊姆舉起法杖，雙眼直視目標。

「等、等一下，我有種非常不妙的感覺！喂，我們還是再退遠一點比較好吧！」

「啥？你在說什麼啊，湯瑪斯？我們都已經離這麼遠了耶。無論她要用的是什麼魔法，這樣也都已經……」

在羅德說到這裡的同時，爆裂魔法的詠唱也結束了。

「各位，請低下頭！區區史萊姆，將在吾之必殺魔法之下屍骨無存！」

聽我這麼說，四人連忙準備壓低身子。

「『Explosion』——！」

閃光從法杖前端迸射而出，刺進史萊姆的身體的同時，那巨大的身體也膨脹了起來。

隨著刺眼的光芒，猛烈的爆炸氣流吹起，將附近的林木連根拔起。

巨響使附近的鳥類同時振翅高飛，衝擊波震盪了整座森林。

在塵埃落定之後，巨大的史萊姆已不復存在，現場除了耗盡魔力的我趴倒在地之外，就連其他四個人也都倒在地上。

……下次要把距離再拉遠一點了。

9

——在公會內的酒吧。

用盡魔力的我，只能虛弱地趴在桌子上，而艾因他們開心地圍在我身邊，天還沒黑就開始乾杯了。

「哎呀——不愧是紅魔族，失敬失敬！」

「那幅光景真是壯觀啊！看見用過魔法之後的慘狀，我都發抖了呢！」

「沒想到妳居然能夠一招就打倒魔法抗性高強的史萊姆啊……」

三人紛紛這麼說，不停的誇獎我。

這時，拿著飲料的羅德也過來了。

「那個，該怎麼說呢，真是不好意思。我原本還懷疑妳是個只會出一張嘴的吹牛魔法師呢，對不起。」

說著，羅德將飲料遞給我，低頭賠不是，而我抬起頭，搖了搖頭。

「不，我還有一件事必須告訴你們，等你們聽完再道歉也不遲。」

聽見這番話，他們四個都露出一臉狐疑的表情。

「其實我只會用剛才那招爆裂魔法。也就是說，我一天只能用一次那個魔法，用完就沒了。我有自信可以成為對付剛才那種強敵的王牌，但這小隊會每天都和那種強敵交手嗎？」

聽我這麼說，艾因吞了一口口水。

「……妳不會用其他魔法嗎？比方說，中級魔法之類。」

「不會。」

「……吶，其實也不用急啦，我們能幫妳練等，練起來再去學中級魔法之類的也……」

「除了提升爆裂魔法的威力之外，我不打算學其他技能。」

「「「「…………」」」」

我如此秒答，終於讓他們四個人沉默了。

「那、那個，這個小隊裡面，都是一些只想打弱小怪物輕鬆賺錢的傢伙。目前我們沒有要對付大咖怪物的計畫。不好意思，可以請妳去找別的小隊嗎……？」

——收下今天的報酬，和他們四個分開之後，我拖著因為魔力不足而疲憊不堪的身體，有氣無力地煩惱著。

難不成，我其實不是天才嗎？

我是個沒人要的傢伙嗎？

……不，我現在應該還不用這麼著急才對。

因為，我才剛來到這個城鎮三天啊。

——喝著羅德請我的飲料，我忽然有點好奇，找了一下和我一樣在找隊友的芸芸，結果她坐在和早上一樣的座位，依然自己玩著桌上遊戲。

於是我走到芸芸身邊，從她身後拍了一下她的肩膀。

「你、你好！歡迎加入我的名字叫芸芸職業是大法師不過魔法還只會用中級魔法……」

一口氣如此滔滔不絕並且轉過頭來的芸芸，在看見我的臉的同時毫不掩飾地露出失望的表情。

「妳這是什麼態度啊！我可是因為可憐妳這個縮在酒吧角落一個人玩的孤僻同族，才特地過來關心妳的耶！」

「等一下，不准妳說我孤僻！我才剛貼出募集告示第二天而已耶，今後還有機會啊！」

……我不覺得有哪個冒險者看了那種告示會過來就是了。

我在芸芸對面坐下，重新擺好桌上遊戲的棋子。

「啊，等一下。真是的，人家還沒玩完耶……」

儘管如此抱怨，芸芸的嘴角卻忍不住上揚。

我們就這樣在酒吧的角落一邊下棋，一邊聊天。

「惠惠，妳找到隊友了嗎？」

「沒有，我今天也和一群冒險者出了任務，但那個小隊的水準還是不到能夠妥善運用我的程度。」

「是喔——我這邊有個一大早就開始喝酒，看起來很閒的大叔來找我，說些『我是個沒有戰鬥能力的普通人，如果妳不嫌棄的話』之類的。我煩惱了一下，最後還是覺得和冒險者組隊才有意義，所以就拒絕了……將軍。」

「不，這有什麼好煩惱的，立刻拒絕那種人好嗎！為何會找妳搭話的都是那種大叔啊，我真的越來越擔心妳了……要是有人向你搭訕也不可以隨便跟著人家跑喔，瞬間移動。」

「我才不會那樣呢，我又不是有東西可以吃就會上鉤的惠惠……好了，輪到惠惠了。」

「我也已經不會被吃的東西一釣就上鉤了好嗎。妳等著瞧吧，不久之後我就會打倒大咖

的懸賞對象……！」

在吵雜的酒吧一角，我們一步一步動著棋子，也不知道是哪一邊先開始的，就這樣對著彼此發起牢騷了。

「照理來說，光是看見我們的紅色眼珠，就應該會有一堆冒險者圍著我們，要我們當他們的同伴才對吧。還是說這裡畢竟是新進冒險者的城鎮，他們不知道紅魔族有多厲害嗎？」

「是不是每個小隊都已經不缺魔法師了啊……可是，我們在學校的時候，不是聽說魔法師和祭司是相當稀少的職業嗎？我看是因為我們的年齡讓大家敬而遠之吧……將軍。」

「唔！要是在這個狀況下往後退，劍術大師就會衝進來，這一格又在弓手的射程內……瞬間移動到這裡。不過……這個城鎮中沒有幾個做魔法師打扮的人，應該有需求才對啊。」

原則上，也有不少人看見我們的紅色眼睛就忍不住偷瞄。

可是，卻沒有人找我們搭話。

是不是真的像芸芸所說，因為我們太年輕，大家都對我們敬而遠之呢？

「瞬間移動是很棘手，不過這樣就結束了！看來妳因為冒險者是最弱的棋子就掉以輕心了吧！我要讓這個冒險者棋子轉職為劍術大師！好了，這下大局已定！」

「…………Explosion！」

「啊——！」

以大法師棋子的特殊技能打翻棋盤之後，我沉沉地嘆了一口氣。
不知道明天找不找得到同伴啊。
「惠惠，再一局！再跟我比一次！官方規則規定爆裂魔法一天只能用一次，下次我一定可以贏過妳！……啊，妳要去哪裡，不可以贏了就跑啦——！」

10

走在回旅店的路上，我思考著今後該如何是好。
今天，是我第二次體驗入隊。
只會用爆裂魔法的魔法師，就這麼沒人要嗎？
不，專門狩獵弱小怪物的小隊或許是不需要，但如果是更高等的冒險者說不定……
沒錯，像是目標是高額賞金怪物的隊伍，或是為了打倒魔王而活躍在最前線的冒險者集團一定會需要我的。
這個城鎮一定也有才對。
以討伐魔王為目標的冒險者。

正當我一面想著這些，一面拖著疲憊的身軀走在路上時，聽見了一道很響亮的聲音——

「來喔來喔！好，現在這串剛從河裡撈上來的新鮮香蕉只要三百艾莉絲！三百艾莉絲喔，參考看看啊！」

「參考看看啊！……咦？喂，妳剛才說什麼？妳是不是說這串香蕉從河裡撈上來？」

在蔬果店前面叫賣香蕉的，是棕髮少年以及手上緊緊握著紙扇的，水藍色頭髮的少女。

總覺得，我好像很經常看到他們兩個耶。

「來喔，現在只要三百艾莉絲！兩串就是乘以二的六百艾莉絲！……原本應該是這樣才對，不過大家聽好了！照理來說兩串應該賣你們六百艾莉絲才對，現在特別算你們五百艾莉絲喲！便宜賣喔！」

「便、便宜賣喔！……吶，妳剛才說香蕉是河裡撈上來的……」

看來，被酒吧炒魷魚的他們，開始在路邊叫賣了。

或許是聚集而來的圍觀群眾讓水藍色頭髮的少女興奮了起來，她的吆喝聲越來越大，拿著紙扇不斷拍打桌子。

「來來來，過來看看、過來看看！聽了請不要嚇一跳喔，接下來這串香蕉會隨著我的指示消失不見喔！」

「喂，這種事情妳辦得到嗎？圍觀群眾已經很多了耶，要是失敗了妳打算怎麼辦啦！」

水藍色頭髮的少女這番話引起了我的興趣，於是我停下腳步觀望了一下。

「我手上沒有藏任何東西，也沒有任何機關！我把這塊布蓋到香蕉上面！然後發出消失的念力！消失吧——消失吧——……三，變！」

「「「唔喔喔喔喔喔！」」」

在觀眾不住驚呼的同時，我也驚叫出聲。

她掀開那塊布之後，原本在底下的香蕉都消失了，一根也不剩。

「太厲害了————！」

「那個女孩是怎樣！我第一次看到技術這麼精湛的街頭藝人！」

「喂，我要買一串！給我香蕉！」

「啊，我也要買！」

「我也要！這邊要兩串！」

圍觀的群眾瞬間變成了顧客，蜂擁至水藍色頭髮的少女身邊。

「謝謝惠顧！喂，這樣賣下去鐵定可以輕鬆達到目標！好了，妳趕快把剛才變不見的香蕉拿出來！讓我們賣個夠吧！」

棕髮少年開心地這麼說，但水藍色頭髮的少女卻是露出莫名其妙的表情。

「你在說什麼啊？我把香蕉變不見了，就是沒了啊。好了，你去拿新的香蕉來賣吧！」

「啥？不，妳在說什麼鬼話啊！什麼叫作變不見，香蕉怎麼可能無緣無故就這樣不見！喂，妳藏到哪去了，別開玩笑了，快點拿出來啊！」

「誰跟你開玩笑了，我一開始就說我沒藏東西也沒有機關了不是嗎？快點啦，去拿用來賣的香蕉和用來變不見的香蕉過來。」

「妳夠了喔，都已經過中午了還說什麼夢話啊！」

正當客人們茫然站在原地之際，有人從兩人身後拍了拍他們的肩膀。

出現在那裡的，是表情僵硬的蔬果店老闆。

「開除。」

「為什麼啦——！」

「喂，給我等……不，請等一下，這和我沒關係吧！把香蕉變不見的是這傢伙耶！」

水藍色頭髮的少女哭了出來，棕髮少年則是拚命辯解。

看見靜不下來的兩人這番互動，讓我覺得自己的煩惱好像很愚蠢，便轉過頭背對他們兩個，回旅店去了。

幕間劇場【序幕】

募集隊友的孤僻少女

在冒險者公會的角落，我一面不時偷瞄張貼募集小隊成員告示的公布欄，一面獨自感到忐忑不安。

至於不久之前還和我一起旅行的朋……競爭對手惠惠，則是三兩下就找到同伴，並一起出任務去了。

從出道成為冒險者的第一天開始，就被她拉開這麼大的差距了。

惠惠個性急躁又愛吵架，品味也很奇怪，但這樣的她其實交際手腕相當不錯。

相較之下，我有生以來說過最多話的對象，就只有養在家裡的球藻而已。

要這樣的我做出找不認識的人搭話這種高難度的事情，根本是不可能的任務。

我試圖想要挑戰了幾次，現在已經放棄了。

因此，我在募集小隊成員的公布欄張貼了告示，然後……

「……！他看了！剛才那個人確實看了我寫的募集告示！」

我看向公布欄，發現有一支冒險者小隊看了我張貼的告示。

說不定他們會要我加入耶怎麼辦打招呼的時候我該說什麼啊就連問候語都沒有先想好我真是太笨了先說名字接著是職業然後說專長就照這個順序……！

正當我像這樣興奮到不知該如何是好的時候，那些人指著我的告示彼此點頭示意，帶著開心的表情東張西望，像是在找人似的……

然後和看著他們的我對上了眼，我便抖了一下，低下頭去。

不久之後，那支冒險者小隊畏首畏尾，躡手躡腳地走了出去。

看來，他們沒有在找隊友……

可是沒關係，募集告示寫明了我是大法師。

用不了多久，一定就會有哪個冒險者小隊過來……！

——完全沒人過來找我。

在那之後又有幾支小隊看了我的募集告示，但不知為何，大家在和我對上眼之後，都是躡手躡腳地離開了。

……最後，有個戴眼鏡的大姊姊過來我這一桌。

「那、那個……不好意思，可以打擾一下嗎？」

「可、可以！有什麼事嗎？我的名字叫芸芸職業是大法師不過魔法還只會用中級魔法對不起可是儘管放心我馬上就可以學會上級魔法了！」

「不、不是啦，我是這個冒險者公會的工作人員！對不起，我不是因為看了募集隊友的告示才過來找妳的！」

她好像是公會的職員。

「請、請問，怎麼了嗎？我貼的募集告示，有什麼問題嗎……？」

「沒、沒有問題，雖然上面的文句是有點那個，不過……其實是有人來申訴，說他們在看募集告示的時候，有個女孩一直瞪著他們，讓他們覺得很害怕……」

不是啦，我只是因為很在意才會看那邊而已。

「我知道這裡確實沒什麼能讓紅魔族看得上眼的冒險者，不過，即使看告示的人妳不喜歡，也請妳別用發著紅光的眼睛瞪他們喔，這樣很可怕……」

不是啦，紅魔族這個種族在情緒激動的時候，紅色的眼睛就是會發亮。

我只是因為以為會有人來，覺得很高興而已。

「對……對不起，我會注意的……」

聽我這麼說，職員小姐鬆了口氣，就此離開。

……原來大家這麼怕我，害我有點受到打擊。

這時，正當我趴在桌子上，覺得有點沮喪的時候——

「妳十三歲啊？」

有一道聲音從上方傳來，於是我看了過去……

「叔叔……不對，我也十三歲喔！告示上面說妳徵求的是前鋒職業？包在我身上，叔叔……我是高等級的十字騎士！我來保護小妹妹吧！」

發現一個怎麼看都是四十幾歲，穿著厚重全身鎧的大叔，帶著紊亂的呼息，滔滔不絕地這麼說……

……………………

「……好吧，總之我們先聊聊再說吧……」

「咦！」

分明是自己主動找我搭話的，不知為何，那位大叔卻驚叫出聲。

第二章
名產女孩與森林裡的惡魔

1

——城鎮外綿延不絕的大平原。

聽說，以名叫巨型蟾蜍的怪物為首，有各式各樣的小怪物棲息在這片平原。

不過，或許是害怕身上穿有堅固鎧甲保護的健壯守衛，那些怪物不會靠到城鎮附近來。

而就在這樣的阿克塞爾正門前……

「『Explosion』——！」

「喂——！妳在幹嘛啊——！」

我突然發出爆裂魔法之後，守衛大叔便衝到我身邊來。

「喂，小妹妹，妳到底在幹嘛……等等，妳沒頭沒腦的施展魔法，結果放完就倒下了是怎樣！到底是怎麼回事，振作一點啊！」

守衛大叔抱起因為耗盡魔力而倒地的我。

我只抬起頭說：

「幸、幸會……我是紅魔族的惠惠，最近剛搬到這個城鎮。我想今後也會不時發生像剛才那樣的爆炸，還請多多關照了……」

「饒了我吧！至少在有怪物的時候再用魔法好嗎！沒事別亂發魔法啦！」

而守衛大叔對著這麼說的我放聲慘叫。

——我拖著耗盡魔力的疲憊身體，帶著點仔，搖搖晃晃地走在街道上。

施展了爆裂魔法藉以發洩這陣子的鬱悶之後，我一面喃喃自語，一面思考。

「今天也沒有募集隊員的告示呢。這到底是怎麼回事啊？這個城鎮的冒險者都已經不需要魔法師了嗎……？」

我來到這個城鎮已經過了一個星期。

最近，冒險者公會的公布欄上，都沒有張貼募集會用魔法的隊員的告示。

唯一留在公布欄上的，是芸芸張貼的那張，搞不清楚是募集朋友還是募集冒險同伴的告示而已。

照理來說，魔法師應該比其他職業還要稀少才對。

我實在不覺得需求會消失得這麼快……

——發了爆裂魔法之後，神清氣爽的我來到了冒險者公會。

午後對冒險者而言可以說是工作的時段。

然而在這個時段，我今天依然趴在冒險者公會裡的桌子上。

「該怎麼辦呢……」

然後一邊長吁短嘆一邊這麼說。

過去一個星期以來，我數度加入了不同小隊，和大家一起出任務，但是……

每一個小隊的態度都在任務結束之後變得冷淡，我始終無法成為他們的同伴。

大家似乎都不想要只會用爆裂魔法的魔法師。

本小姐被當成沒人要的孩子了。

本小姐耶。

人稱天才的……

「本小姐耶————————！」

「呀——！妳、妳幹嘛啦，惠惠，不要突然大叫好嗎！我現在正在挑戰一項大作耶！」

我一面亂抓頭髮一面大喊，於是和我在同一張桌子上自己一個人在玩遊戲的芸芸，便投來這番撻伐。

這個女孩好像也和我一樣，還沒找到隊友的樣子。

她在桌子上小心翼翼地立起撲克牌，一臉認真地堆成三角形的高塔。

最近，芸芸自己玩遊戲的技術越來越高超了。

不如說，我看就是因為她這樣玩得太專注，大家才會不好意思找她講話吧？

我抱起在我腳邊縮成一團的點仔，放到桌上。

於是，點仔似乎對芸芸抖動著指尖掐起的撲克牌產生了興趣。

牠漫步走向撲克牌塔……

「喵——」

「啊啊啊啊啊啊啊啊！」

暴躁的漆黑魔獸似乎壓抑不了牠的破壞衝動，不費吹灰之力就打垮了芸芸的大作。

這是貓闖的禍，我也莫可奈何。

看著破壞了撲克牌塔而顯得很開心的點仔，我摸摸牠的頭以示嘉許，一面喃喃自語：

「真的是，到底該怎麼辦呢……」

「有什麼好怎麼辦的，妳應該先向我道歉吧——！」

我把芸芸的大吵大鬧當成耳邊風，仍然不知道該如何是好。

2

「——對了，惠惠，妳聽說了嗎？出現在森林的惡魔好像已經被列入懸賞名單了。」

芸芸一面俐落地洗牌，一面這麼說。

對於沒錢的我而言，這件事可不能裝作沒聽到了。

「哦……願聞其詳。」

「原本棲息在森林裡的怪物，很久以前就已經幾乎被驅除殆盡了。後來，怪物們都躲在森林的深處，不再靠近到城鎮附近來……然而，原本躲在森林深處的怪物，最近不知為何開始出現在城鎮附近……也因此，森林開始受到矚目，成為好賺的狩獵場所。大家都在說，怪物之所以湧現在森林接近城鎮的地方，原因說不定就是那隻惡魔呢。」

……原本躲在森林深處的怪物，開始湧現到城鎮附近了？

總覺得，紅魔之里好像也發生過類似這樣的現象。

怪物是因為害怕那隻惡魔，才跑到城鎮附近來的嗎？

我回想起那個名叫厄妮絲的惡魔，在我們旅行的途中嚇唬怪物，迫使怪物前來攻擊我們的馬車。

難道又是那個女惡魔？

可是，我不覺得厄妮絲抵擋得了我的爆裂魔法的會心一擊啊……

我想這件事應該和我沒有關係，但還是微微有種不祥的預感。

「芸芸，關於那隻惡魔……有聽說牠長怎樣……」

我原本想姑且確認一下惡魔的外貌，而就在這時——

「臭小子，帶著兩個這麼可愛的女人，明明是個菜鳥卻想開後宮是吧！真是令人羨慕啊，讓一個給我吧！」

這番像是馬上就會被幹掉的下三濫小嘍囉的台詞，傳遍了整個公會內部。

「喂，你想怎樣啊！」

「不要突然跑來糾纏我們好嗎，死醉鬼！」

接著，我聽見有女生的聲音如此回應。

芸芸往發生騷動的地方瞄了一眼，於是我對她說：

「不可以！芸芸，千萬別被那種不良分子發現妳在看他，小心連我們也遭受波及。」

「惠、惠惠，妳這樣不對吧！妳沒想過要去救人嗎？」

我引來芸芸如此批評，但這裡可是冒險者公會。

對於草莽氣息比較重的冒險者而言，這種事情幾乎每天都在發生吧。

被找麻煩的對象似乎是新來的，不過這也算是所謂冒險者的洗禮。

然而……

「真傷腦筋……我已經不是菜鳥了喔。我還以為自己已經算頗有名氣的冒險者了呢……我來到這個城鎮，只是想要找看看有沒有祭司願意成為我的同伴而已。放眼望去，公會裡面似乎沒有祭司，我今天原本已經想回旅店了呢……」

一道冷靜的聲音如此表示。

「嘎啊？頗有名氣的冒險者？你算哪根蔥啊，我可沒聽說過。而且，本大爺在這個城鎮也一樣算是小有名氣的冒險者啊！」

「你的名氣是臭名吧？吶，別這樣啦。我猜，這個人應該是劍術大師，是上級職業喔。而且，他配戴的是魔劍耶。我感覺到十分驚人的魔力。」

這道聲音，應該是在找人麻煩的小混混的同伴吧。

這個女生這麼說著，試圖阻止那個小混混，但是……

「吵死了，妳閉嘴啦，琳恩！我不管那是魔劍還是什麼劍，別以為那種東西嚇得到本大

爺！喂，賞個光吧！你自稱是頗有名氣的冒險者對吧？這麼了不起就教我幾招吧！」

「……真拿你沒辦法。那麼，我們到外面去吧。妳們兩位先回旅店休息。」

「我知道了。那我們先走一步，你要趕快解決這種小混混喔。」

「他看起來就很卑鄙，你可千萬別大意喔。」

看來事情已經談妥了。

在公會內所有人的注目之下，引發騷動的人們朝著外面走了出去。

事情好像越來越有意思了，所以我也打算轉頭過去看，但是……

「惠惠，剛才明明就是妳自己說千萬別被那種不良分子發現妳在看他的不是嗎！」

芸芸一面如此輕聲叫道，一面妨礙我，不讓我往那邊看。

「既然事情都已經變得這麼有意思了，豈能錯過。也讓我看一下啦。」

「不、不可以啦！那個被找麻煩的人看起來應該不會輸，另外那個小混混一定馬上就會得到教訓跑回來吧。要是在這種狀況下被他發現妳在看他的話……」

「———該、該死，那個傢伙是怎樣，太作弊了吧……哪有人既是型男，武功又高強……混帳！你們看什麼看啊，又不是表演給你們看的！」

還真的馬上就跑回來了。

看來他才剛出公會就被秒殺了吧。

「我不就說了嗎，叫你別這樣。我知道你的個性扭曲，也不會叫你別找人家麻煩啦……真是的，要找人吵架也挑一下對象嘛。」

「我、我知道了啦，下次我找看起來更弱一點的傢伙就是了……要是有帶了很多美女，又是最弱職業的肥羊出現就好了……」

小混混一邊說著這種一無是處的話，一邊嘆氣。

而我們完全沒有被他發現正在看他，在被他糾纏之前就離開了冒險者公會。

3

——隔天。

「『Explosion』——！」

「妳又來了喔————！」

守衛大叔的大嗓門響徹整個平原，音量還不亞於爆裂魔法的爆炸聲。

繼昨天之後，我今天也來發爆裂魔法了，然而……

「喂，我昨天才告訴過妳對吧！不是叫妳沒事別亂發魔法了嗎！應該說，最近這一陣子，城鎮附近突然出現了好幾個隕石坑！那些全部都是妳轟出來的吧！填平那些隕石坑也是需要人手的好嗎！」

「可、可是，我今天有乖乖聽你的話，對著怪物施展魔法喔。我解決了一隻巨型蟾蜍！……所以，可以請你扶我起來嗎？」

趴在地上的我，對跑過來的守衛大叔如此請求。

守衛大叔一邊嘆氣，一邊把我抱了起來。

「我說啊，蟾蜍那種東西連我也有辦法輕鬆打倒。出現在城門附近的蟾蜍，由我自己一個人對付就夠了，小妹妹妳的那招魔法，應該到距離城鎮更遠的地方去，用在更強的怪物身上才對吧。」

「我只要施展魔法，就會因為耗盡魔力而無法動彈。要是在距離城鎮太遠的地方變得動彈不得，肯定會被聚集過來的怪物吃掉的。」

「……我看妳還是先找同伴吧，小妹妹。」

辦得到的話我也不用這麼辛苦了就是——

告別了守衛大叔，我今天也拖著因為用盡魔力而疲憊不堪的身體，踏著虛弱的步伐前往公會。

——這時，我不經意聽見了熟悉的聲音。

「我不要————！我不要啦————！為什麼？為什麼本小姐非得做土木工程不可啊！讓我做點更適合我的工作好嗎！」

「妳這麼說我也沒辦法啊，當天就會付薪水而且又好賺的打工已經只剩下這個了，不要要任性！」

「我不要————！至少讓我去叫賣吧！再讓我做一次叫賣的打工嘛！我有自信，這次一定可以做得很好！」

「妳這種自信是從哪裡冒出來的啊！算我拜託妳了，我原本也不想做這種事情，只想直接去接任務啊。可是，以現在的裝備出任務肯定會死。好啦，別挑工作了，我們先做看看再說嘛。聽說最近為了城鎮附近的平原整地工程，土木工人特別缺。也因為這樣，這段期間的薪水特別優渥。放心啦，土木工程肯定難不倒妳！」

聲音的主人，是和我頗有緣分的吵鬧兩人組。

他們兩個在這個城鎮的土木公司前面爭執著。

看來其他的打工他們全都沒能做出成果來。

然後聽說土木工程人手不足，工錢又好，才跑來這裡的樣子。

但是藍髮女孩似乎想做別的工作，堅持不肯進去裡面。

嗯，看來在社會上無法生存，找不到合適工作的人，好像不只我一個。

「別說傻話了！你以為本小姐是誰啊？會沾得渾身泥濘塵土的肉體勞動根本不適合我！而且，我也差不多想吃點好吃的東西了！每天吃的都是吐司邊！為什麼我非得每天吃那種東西啊！像我這種尊貴的存在，就連食物也必須非常講究好嗎！」

「我第一次見到妳的時候，妳明明就在吃零食吧！夠了，妳還要鬧彆扭到什麼時候啊，走了啦！我想快點湊到裝備去冒險！」

「我不要————！我不想做土木工程啦————！你原本明明是個繭居族，怎麼會這麼積極正向啊————！」

為了生存下去，他們也非常拚命。

目送著那個緩緩被拖著走的女孩，我也為了找工作和同伴，前往冒險者公會。

4

看見走進公會的我，幾名冒險者突然站了起來。
簡直就像是在害怕什麼東西似的。
莫非是因為我是紅魔族嗎？
還是說，我也開始散發出冒險者的威嚴了呢？
就在我一邊強忍著嘴角的笑意一邊這麼想的時候，剛才站起來的冒險者們走向公布欄，就撕下了一張貼在上面的隊友募集告示。
…………
「不好意思。」
「什、什麼？有、有何指教？」
我找了剛才連忙撕掉公布欄上的告示的冒險者之一搭話，她卻害怕到超乎尋常的程度。
「……大姊姊，妳剛才撕下來的那張募集告示，可以借我看一下嗎？」
「我拒絕。」

「給我看。」

我從把告示藏到身後並且激烈抵抗的大姊姊手上硬是搶過那張紙，看見上面寫著……

『募集魔法師。募集者為四人小隊。使用魔法不拘。』

「這樣啊！使用魔法不拘啊！那真是太剛好了！其實呢，我是個沒有加入小隊的自由魔法師！」

「不不不、不好意思，我們已經找到人了，剛才正好找到隊友了，所以我才會來把告示撕掉……！」

大姊姊一面這麼說，一面試圖逃跑，但我抓住了她。

「這種藉口我已經聽夠了！是怎樣，你們歧視爆裂魔法師嗎！這個公會打算串聯所有冒險者排擠我嗎！」

「不、不是這樣啦！我們不是對爆裂魔法有意見，而是最近……該怎麼說呢，聽說有個使用爆裂魔法的紅魔族女孩，非常的……據說，她只要看見怪物，也不會顧慮周遭的狀況，劈頭就會施展魔法，腦袋非常的有問題……」

「妳想吵架我樂意奉陪啊！竟然敢說本小姐的腦袋有問題，那我就來試試看你們在見識過我的魔法之後還敢不敢這樣說我壞話！……啊！你們幹嘛，住手！」

「請不要在店內使用魔法！」

儘管已經耗盡魔力卻依然開始在公會內詠唱起魔法的我，被公會職員和冒險者架住之後，直接被帶到內場去了。

「——惠惠小姐，這樣不行啦。城鎮裡面禁止使用上級以上的魔法。要是下次再讓我們發現妳在鎮上詠唱魔法的話，就得請妳睡警察局了喔。」

要是真的把錢都用光，進去叨擾一下好像也不是不行。這樣想的我，是不是已經沒有救了啊。

被職員狠狠教訓了一頓之後，我來到一個人找樂子的芸芸身邊，發現……

「——我、我才不要！你是不是以為我是那種會傻傻跟著任何人走的輕浮女人啊！」

「我沒有這麼以為！我只是在求妳而已啊！求求妳，我沒有任何不良意圖！我只是想讓我老媽放心而已，妳只要稍微假扮一下我的戀人就可以了！我那個生病的老媽說她想在死前抱到孫子……！如果不行，至少也想看到兒子娶老婆……我能夠拜託這種事情的對象，也只有唯一的朋友芸芸小姐妳了啊……！」

有個我沒見過的男人不斷對著芸芸低頭，不知道在拜託她什麼事情。

「唯、唯一的朋友……不對，可是……不行啦，我要怎麼假扮你的戀人啊！我才十三歲耶，連成人都還不是耶！」

芸芸如此煩惱，但男子表示：

「沒關係，只是去打個招呼而已沒關係啦！我又不會對妳怎樣，沒關係！沒關係啦！」

「真的嗎？請、請等一下，你為什麼那麼拚命啊！算了，我還是拒絕……」

「求求妳啦啊啊啊啊！求求妳求求妳，只要約一次會就好，不然一個小時……不，三十分鐘就好！」

男子沉痛地大叫，甚至終於對著芸芸拜了起來。

「不對吧，這樣主旨已經偏掉了……！明明只是要在你生病的母親面前假扮戀人對吧？最後怎麼會變成約會……」

「求求妳，求求妳求求妳求求妳！」

男子終於跪下來求了。

「等等，請等一下，等一下啦……」

「求求妳求求妳求求妳求求妳！我都跪下來了，求求妳嘛！一下子就好了，求求妳！」

最後大概是拗不過對方吧，芸芸終於帶著略顯困擾的表情，對著跪地求她的男子說：

「嗚嗚……那、那麼，只、只有一下子……的話……」

「就可以嗎？」

「最好是可以啦。抓準人家善良的弱點，你是想幹嘛啊！你等著，我去叫警察過來！」

「妳、妳是誰啊！等等，啊，妳是那個腦袋有問題的……！等一下，千萬別叫警察喔！我知道了！我乖乖退下就是了！」

看見突然介入的我，男子連忙逃到別的地方去了。

而我揮手趕走他之後，把臉湊到芸芸面前說：

「妳在做什麼啊！再怎麼說，妳也太容易被牽著鼻子走了吧！怎麼會上那種當啊！」

「可、可是可是！他生病的母親，想見他的戀人……！」

「那種說詞肯定是謊話好嗎！除此之外呢？我不在的時候，還有沒有其他人來拜託妳做奇怪的事情？」

「人、人家才沒有拜託我做奇怪的事情呢！頂多就只有經常來這裡的那個大白天就開始喝酒的大叔拜託我『今後可以試著叫我爸爸嗎』而已……」

「拜託妳做這種事情已經夠奇怪了好嗎！這件事妳當然拒絕了吧？應該說，以後那個大叔找妳講話也不可以回他！要是知道自己的女兒在遙遠的城鎮對著陌生的大叔叫爸爸，身為妳親生父親的族長可是會哭喔！」

真是的，這個女孩的可乘之機也太多了吧。

沒想到才來這個城鎮一個星期，她就已經面臨這麼危險的狀況了。

而芸芸在這樣的我面前拿出一張紙，並望著說：

「可是，我也沒辦法呀。每天都是一個人待在這間酒吧，只要有人找我講話，就算是阿克西斯教的招募，我也會聽聽她想說什麼耶……」

「妳拿這是什麼東西啊，快把這種東西丟掉！」

我把芸芸手上的阿克西斯教團入教申請書揉成一團扔掉。

這下糟了。

原本還以為這可以當成治療溝通障礙的訓練才放著她不管，沒想到這個人孤僻過了頭，都快要踏上非常不得了的歧途了。

可是，我為了尋找冒險同伴也已經費盡心力……

——我想到了。

「芸芸，這樣如何？在我們找到新的小隊成員以前，要不要暫時一起組隊？」

「咦————！」

對於我的邀約，芸芸不知為何驚訝到超乎必要的程度。

難道我這個邀約很奇怪嗎？

「可可、可是……！我才剛下定那麼重大的決心……！對妳那樣子宣言之後，才剛過一個星期左右而已……現在卻……」

嗯？芸芸到底在說什麼啊？

「妳怎麼了？我只是問妳要不要和我一起組隊而已，幹嘛那麼煩惱啊？」

聽我這麼說，芸芸隨即表情一僵。

「惠……惠惠，之前我說的那些話，妳還記得嗎？就是……那個……等我學會上級魔法之後，再和妳一決高下……之類。」

「喔，打倒厄妮絲之後，妳在馬車上嘟嘟噥噥地說了些什麼對吧。然後呢？」

我催芸芸繼續說下去，結果她眼中逐漸蓄起淚水。

「妳居然說然後呢……給我等一下——！為什麼妳可以輕易忘掉那麼重要的約定啊！惠惠老是這樣！妳哪裡像是紅魔族首屈一指的天才了啊，根本就是完全記不住任何重要事情的笨蛋嘛！」

「妳說什麼！」

「請不要在店內打架！」

我和芸芸挨了職員今天第二頓罵，接著就被攆出公會了。

5

「真是夠了！惠惠為什麼老是這樣啊！妳的記憶力就這麼差嗎？是不是施展爆裂魔法造成的衝擊會消除妳的記憶啊？」

「妳還想吵啊！我們現在人已經在外面了，無論我怎麼亂來都不會有任何人制止喔！」

「怎、怎樣啦，妳想打架嗎？明明就已經耗盡魔力，都快站不穩了，還以為憑妳現在的狀態能打贏我嗎？」

走在回旅店的路上。

我們依然在對彼此叫罵。

「真是的……！那可是我今生最重要的宣言，妳偏偏不記得了……！真是難以置信，妳真是太令人難以置信了！」

芸芸雙手掩面，用力搖著頭。

「我知道了啦，是我不好，我不應該忘記的。然後呢？那個重要的約定到底是什麼？妳再說一次看看啊。」

「咦咦？」

我不經意地這麼說，卻讓芸芸紅了臉。

「『咦咦』什麼啊，我是問妳那個重要的約定是什麼？這次我會仔細聽清楚，請說。」

我站到路旁的草皮上，然後跪坐在上面，擺出準備認真聽她說話的姿勢。

芸芸看了，反而更加不知所措了起來。

「不不、不用啦，妳聽我說喔，現在不用了啦。嗯，已經不用了，真的不用了！下次再說吧！」

「喂，妳叫我笨蛋，還把我批評得一無是處，現在卻這樣是哪招？我不知道妳在害羞什麼，不過妳還是快點跟我說吧。這次我會仔細聽清楚啦。」

我一臉認真，做好聽她說話的準備，但芸芸卻是一臉有點想哭的樣子。

不過，她還是抿了一下嘴，下定決心……！

「這個嘛，就是……等、等到……我學會上級魔法……不、不會絆手絆腳之後……！到時候再和我……」

「失禮了，兩位小姐！可以打擾一下嗎！」

一名身穿燕尾服，看似執事的老先生突然開口打斷了芸芸要說的話。

「不可以。我們剛好講到重要的地方耶，你是怎樣，請去找別人吧。」

「別、別這麼說嘛！其實是這樣的，我在找人！」

聽老先生這麼說，我和芸芸互看了一眼。

「其實，我們家的大小姐因為討厭相親，離家出走了……在路上碰到人就拜託這種事情我也很過意不去，不過還是請兩位協助我找人……！在這個國家，擁有美麗的金髮碧眼乃是血統純正的貴族象徵。大小姐會將一頭長長的金髮綁成一束。要是發現可能是大小姐的女士，請通知達斯堤尼斯家，屆時必定好好答謝兩位……！」

說著，老先生對我們行一鞠躬。

說到達斯堤尼斯家，那可是連對一般常識不太熟悉的我也知道的大貴族。

他們家的大小姐離家出走的話，應該是一件大事吧。

既然是千金大小姐，一定是個楚楚可憐又清純的女孩。

我的腦海當中浮現出一位纖瘦嬌小又溫柔的女生，心裡想著要親眼看看這樣的貴族千金，同時又非常好奇大貴族準備的謝禮會是怎樣。

「包在我們身上吧。要是發現可能是你們家大小姐的人，我們會好好照顧她的。」

「謝謝兩位，就再麻煩了！」

只留下這句話，那位老先生又跑去找其他行人了。

「芸芸，我們走吧！對於缺錢的我們而言，找出迷途的千金大小姐可是第一要務！」

「惠、惠惠！我又不缺錢！」

帶著芸芸，我也跑了出去——！

「——我累了……到頭來還是找不到那位千金大小姐……」

「唔……！虧我還期待著達斯堤尼斯家提供的獎金，繞了整個城鎮找了那麼久！他們家的大小姐到底躲到哪裡去了啊……」

在鎮上到處找遍了，卻連一點線索也尋不著的我們回到旅店之後，擔心著離家出走的千金大小姐的安危。

畢竟對方可是貴族家的千金大小姐。

說不定在奪門而出之後，她也不知道該怎麼辦才好，害怕得躲到哪個地方去了。

她該不會被壞男人用蠻力帶走了吧？

我原本還以為金髮碧眼的人那麼罕見，應該馬上就找得到了……

說到在這個鎮上能看見的金髮人士，就只有身穿厚重的鎧甲，喊著「聽說有惡魔出現在

森林裡！以艾莉絲女神之名，我要痛宰那隻惡魔！」之類的危險言論，就和一名銀髮女盜賊一起衝到鎮外的大姊姊而已。

最後，我們哪裡也沒看見楚楚可憐的貴族千金。

「……沒辦法了。看來還是不能依賴這種幸運！明天開始，我們就一起出任務吧！」

「結果我們還是要一起組隊嗎！吶，我之前說得那麼耐人尋味，還說了『在我學會上級魔法之後……』耶！吶，之前我說出那番話的時候，可是鼓起了很大的勇氣耶！妳真的都不記得了嗎？」

6

隔天早上。

很早就來到冒險者公會的我們，仗著現在幾乎沒有冒險者在，檢視著貼在公布欄上的所有任務。

我認為只有我和芸芸的話，在碰上怪物的時候大概無法徹底保護點仔，所以就把牠留在旅店了。

「惠惠，我們先挑個簡單的任務，像這個應該不錯吧？」

這麼說的芸芸所指的任務，是這個城鎮最基本的委託，也就是巨型蟾蜍的討伐任務。

繁殖力旺盛的巨大蟾蜍，在這個城鎮也是知名的主要食物來源。

姑且先納入考量好了。

我快速瀏覽了一下公布欄……

『打掃位在城鎮郊外的豪宅的墳墓。』

『募集土木工人支援平原的隕石坑填平工程。』

『討伐公墓的殭屍製造者。』

『尋找離家出走的大小姐。』

『調查湖泊水質。有報告指出，由於土木工程的需求急遽增加，導致廢土流入湖泊。』

等等……

嗯……這下子該怎麼辦呢？

我們這個小隊是魔法師二人組。

這種時候應該要接個能夠活用強大火力的討伐型任務吧。

「那麼，我們去聽說最近很好賺的森林裡看看吧。」

「咦咦？森林裡面有強到成為懸賞對象的惡魔型怪物出沒耶，人家都嚴正警告了還要去

嗎？我們只有兩個人，還是走安全路線，先去都是弱小怪物的平原啦！」

我想要的就是那個惡魔型怪物的賞金啊。

可是，要是我把這件事告訴芸芸這個軟腳蝦，她恐怕又要待在公會自己一個人玩了。

沒辦法，一開始還是在平原對付小嘍囉，幫她建立起信心之後再——！

「——哎呀，妳今天帶了同伴啊，小妹妹。太好了，有人跟著就可以放心了。如果是到遠離城鎮的地方，妳就可以盡情施展魔法了呢。」

經過城鎮入口的時候，守衛大叔對我這麼說。

看來，他已經記住我的長相了。

經過大門之後沒多久，芸芸帶著晶亮的眼神說：

「惠、惠惠，妳什麼時候已經活躍到被守衛大叔記住了啊？我還以為妳只是無謂地到處亂晃而已耶。」

「沒、沒禮貌！別把我跟有溝通障礙的芸芸混為一談！在芸芸寂寞地自己一個人玩遊戲的時候，我已經在這個城鎮變得小有名氣了。即使在冒險者公會當中，知道我的長相的人也有不少喔。」

「竟有此事！」

丟下驚訝不已的芸芸，我走向平原，尋找獵物。

……我說的可都不是謊話喔。

「──『Fire Ball』！」

芸芸的魔法在平原的一群蟾蜍之間炸開。

儘管遠遠不及爆裂魔法，卻也製造出不小巨響，將附近的蟾蜍們烤成焦黑。

蟾蜍烤熟的香氣害我有點餓了。

「……芸芸，妳身上有沒有鹽巴之類的啊？」

「突然就想吃了嗎！不可以啦，這些蟾蜍要讓公會收購。包含蟾蜍的運費在內，收購價格是一隻五千艾莉絲。打倒五隻的話好像還可以得到追加的討伐報酬，應該還滿好賺的。」

聽芸芸這麼說，我看向烤焦的蟾蜍。

倒在附近的蟾蜍有三隻。

這樣就可以得到收購金一萬五千艾莉絲了。

只要再獵個兩隻，好像還可以得到追加的報酬十萬艾莉絲。

公會的人也說狩獵蟾蜍是可以輕鬆賺的任務，這樣看來真的很好賺。

確實是很好賺，但是……

「那麼，我們也差不多建立起信心了，不如在聯絡公會，回收剛才打倒的蟾蜍之後，就進森林裡看看吧。」

「太快了吧！我們也才剛結束一場戰鬥耶！」

我試圖開導驚訝的芸芸。

「稍微戰鬥一下我就知道了。看來，我們紅魔族所使用的魔法果然相當強大。與其在這裡對付小嘍囉，還是對付更強的敵人比較好。打倒一堆小嘍囉也提升不了多少等級。」

「話是這麼說沒錯，但是惠惠什麼也沒做啊！吶，能夠好好戰鬥的只有我一個人耶！以我們的狀況來說，我覺得進去森林之後肯定會遇見那隻惡魔吧……」

「遇得見的話正好。妳仔細想想看，我可是打倒了那個厄妮絲喔。別看厄妮絲那樣，她可是上位惡魔。相較之下，會在森林裡徘徊的流浪惡魔肯定沒什麼了不起的。小嘍囉交給芸芸對付，要是那隻惡魔跑出來了就由我收拾。這樣如何？」

聽我充滿信心地這麼說，芸芸露出了看著可疑人物的表情。

「真的沒問題嗎……惠惠自信滿滿的時候，事情多半都不會太順利……」

「沒、沒禮貌耶！而且妳想想，要是能夠除掉那隻惡魔，其他冒險者們一定也會感謝我們。屆時，很可能會有人要我們加入他的小隊……」

「…………走吧。」

我們決定去了。

7

在林木茂盛，鬱鬱蔥蔥的森林之中，我們以芸芸為前鋒，不斷往深處前進。

目前為止我們沒碰上什麼怪物，前進得很順利。

「之前我進森林的時候，一下子被史萊姆攻擊，一下子又被飛鼠攻擊的，今天倒是什麼都沒出現呢。」

「飛鼠？這片森林有飛鼠嗎？鼯鼠、飛鼠什麼的，感覺很可愛呢。」

不知道那種怪物有多可怕的芸芸，說了這種悠哉的話。

真希望芸芸也被噴一次尿就知道了。

「哎呀，話才剛說完就有怪物來了！」

前方的草叢沙沙作響，於是我出聲警告。

芸芸聽見也提高了警覺，從腰間拔出短劍和魔杖。

而衝到我們面前的……！

「好、好可愛……！」

芸芸的眼睛閃閃發亮，拉緊了喉嚨如此自言自語。

從草叢中現身的，是大小和小狗差不多，有著可愛的圓眼睛和一身蓬鬆毛皮的兔子。

不過，牠的額頭上卻長著尖角。

即使外型這麼可愛，牠依然是貨真價實的怪物吧。

「芸芸，這是公會職員也特別叮囑要格外小心的怪物——一擊兔（lovely rabbit）。別因為牠長得可愛就掉以輕心，妳要保持謹慎除掉牠。」

「咦咦？要、要獵殺牠嗎？獵、獵殺這個孩子？」

聽我這麼說，芸芸眼中積滿了淚水。

用那種眼神求情也一樣啦，對方可是怪物耶。

既然我們是冒險者……！

「啾——……」

眼前的兔子這麼叫了一聲。

接著，牠稍微歪了一下頭。

就、就算這麼可愛，怪物還是怪物。

千萬不能掉以輕心……！

這時，一擊兔踏著以蹣跚學步來形容十分貼切的不穩步伐，走到芸芸的腳邊。

「好、好可愛……！怎麼辦，惠惠，牠好可愛！這孩子未免也太可愛了吧！說這孩子是怪物肯定是搞錯了！妳看牠這麼可愛！」

「振作一點，牠可是連職員都特別提醒要注意的怪物。而且一擊兔這個名字這麼危險，千萬不能掉以……」

話還沒說完，一擊兔便以牠那雙水汪汪的紅眼盯著我看。

「啾——？」

並且以一副像是要說「妳不理我嗎？」的態度歪過了頭。

……真想摸摸牠。

真想對牠抱緊處理，好好摸摸牠！

「你看，這邊有蔬菜棒喔～過來，過來～」

已經被攻陷的芸芸拿出大概是原本想在中午吃的蔬菜棒，放到地面上。

「太奸詐了，也讓我……」

……餵牠吃東西啦。正當我打算說出這後半句話的時候……

眼前的兔子看都沒看蔬菜棒，歪歪扭扭地接近芸芸的同時——

剛才牠現身的草叢，又傳出了好幾道沙沙的聲音。

「「…………？」」

我們面面相覷，偷偷看向草叢深處……

裡面有一群雪白的兔子圍著某個大型物體。

那些兔子到底在那種地方做什麼啊？

……我定睛一看，才發現那是什麼。

恐怕是被銳利的尖角刺穿的吧。

躺在地面上的，是全身被開了好幾個洞而死的，一隻巨大的灰狼。

然後那些兔子圍在那隻灰狼旁邊。

也就是說……

「「居然是肉食性嗎！」」

我們放聲大喊，兔子們便同時轉過頭來。

而且，我感覺到之前以不穩的步伐接近我們的那隻兔子的眼睛亮了一下，還即刻就趴了下來。

隔了一拍，一個白色的東西越過我的頭上。

同時，我聽見了「鏗———」的一聲，像是什麼東西刺進樹幹的聲音。

我戰戰兢兢地轉過頭去，看見的是刺穿了我的帽子之後，角插進了樹幹，還不停掙扎的兔子。

我衝向那隻角插進樹幹，四肢還不斷揮舞的兔子，並用力掐住牠的脖子。

拔起渾身癱軟，動也不動的兔子之後，我收回帽子，並且大喊：

「芸芸，這些傢伙是非常骯髒的怪物！牠們會惡意賣萌，裝出一副不會害人的樣子，然後偷襲我們！」

「長得那麼可愛還啾啾叫，本性卻是這麼惡劣的怪物！」

成群的兔子朝我們攻了過來！

8

好不容易逃離了兔子群的攻勢之後，我們找到一處殘幹，坐在上面休息。

「唉，搞什麼嘛，帽子都破一個洞了啦……回到旅店之後得去借針線才行……」

心情低落的我抱著帽子如此嘆息。

「呼……呼……好、好可怕……被長得那麼可愛的生物成群結隊追殺，如果是膽子小一點的人，可能早就心靈受創了……」

由於連續使用魔法而大量消耗了魔力的芸芸上氣不接下氣，臉色蒼白地對我這麼說。

確實是可怕的敵人。

一開始以那樣不穩的步伐朝我們走過來的模樣，好像是在演戲。

後來在追趕我們的時候，牠們的腳程要說有多快就有多快……！

「都怪兔子的數量太多，我們才會忍不住逃跑。好不容易打倒的兔子也沒能帶回來。這樣就拿不到收購兔肉的報酬了啦。」

「話是這麼說沒錯，可是惠惠想回到剛才那些殺人兔身邊嗎？我可不要。牠們長得那麼可愛，卻會成群結隊啃食大野狼耶。剛看見那一幕的時候，我都快哭出來了。」

我也這麼覺得。

要回去那裡的話，我也有點不太想。

「惠惠，今天還是先回去吧？我也在剛才的戰鬥中用掉不少魔力，不然至少也回到平原狩獵之類的。」

芸芸如此提議，而我不太情願地點了頭。

稍事休息之後，我們避開剛才遇見兔子的地方，繞了遠路，朝城鎮前進。

「這麼說來，剛才打倒了很多兔子，我提高一個等級了呢。照這樣練下去，學會上級魔

法的日子或許也不會太遠。」

芸芸開心地這麼說。

「……明天開始還是以只有弱小敵人的平原為中心進行狩獵好了。」

「為、為什麼?吶,是不是因為妳不想被我超車啊?對不對?是這樣對吧!」

芸芸抓著我的肩膀不斷搖晃之際,我忽然察覺到一件事。

「……?是不是有東西往我們這邊過來了呀?好像有什麼聲音……」

似乎是微弱的地鳴聲。

「……?經妳這麼一說,好像有耶。不知道是什麼?怪物嗎?正好,就讓我趁勢解決掉再升一等……」

芸芸似乎也聽見了從遠方傳來的那道聲音。

「妳很奸詐耶,接下來就輪到我對付敵人了,芸芸待命就好。」

「惠惠,妳這是在說什麼啊?妳是惡魔型怪物出現時的王牌耶!就算妳不想被我追上,也不應該…………吶,情況好像不太對勁耶。」

說著,芸芸露出不安的表情。

確實不太對勁。

至於是哪裡不對勁,應該說是地鳴聲的數量吧……

「我有種不祥的預感。現在還是先撤退吧，盡可能避免戰鬥。」

「是、是啊，今天打好幾場了，已經夠了吧。還是先回去，用請公會收購蟾蜍得到的錢吃頓飯好了。」

芸芸對我這麼說，但地鳴聲變得越來越大。

那些聲音，聽起來就像一大群怪物正在逼近似的……！

「我、我們快逃吧，芸芸！這太不妙了，留在這裡太危險了！」

「等、等我一下啦，惠惠！不要丟下我……啊啊！」

逼近而來的聲音在不知不覺間停了。

當四下陷入一片寂靜之際，我們背後的草叢發出了聲響。

從草叢裡蹦出來的……

是我們剛才對付過的——一擊兔。

不知道是為了追擊我們，還是有什麼東西在追著牠們。

眼前的兔子們，已經沒有任何一點剛才的可愛模樣。

「「「「啾——！」」」」

後來又接二連三冒出來的兔子們，那對紅色的眼睛都閃著光芒，一起發出了叫聲。

「惠惠惠惠，數量太多了啦！『Lightning』——！該該、該怎麼辦！」

「妳妳、妳想辦法爭取時間，我來一舉清光牠們！」

我對瞄準襲擊而來的領頭兔發出魔法的芸芸這麼說，便舉起法杖詠唱魔法。

「吶，在森林裡的這種地方使用爆裂魔法不會被罵嗎？我為了避免在森林裡引發火災，連『Fire Ball』都不敢用耶！『Blade Of Wind』——！」

正當芸芸一面慢慢後退，一面施展魔法時，一隻一擊兔撲向了她。

芸芸在情急之下拔出的短劍擋住了兔子的角，迸射出火花。

「要是現在不用的話，我們會被兔子吃掉的！破壞大自然算什麼，害怕這種事情的話，我還要當什麼爆裂魔導師！芸芸，妳趴下！」

「咦？等……！等一下……！」

「『Explosion』————！」

對著已經進攻到相當接近的地方的兔子們，明知道自己可能多少會受到波及，我依然發出了魔法。

閃光從法杖前端射出，刺進了兔群的最後方。

隔了一拍，隨著猛烈的爆焰，四周的林木都被炸飛了。

我和芸芸無力抵擋強烈襲來的爆炸氣流，只能被吹得東倒西歪——

9

「——喂……人類……喂，人類。妳們還活著嗎？」

我聽見有一道聲音從遠方傳來。

看來，我似乎暫時失去了意識。

現在的我，好像是橫躺在地面上的樣子。

不知道是樹枝還是什麼東西戳得我的臉頰好痛，所以應該是還在森林裡面吧。

我微微睜開眼睛，發現芸芸的睡臉就在我的眼前。

腦袋還不是很清楚的我，用力拍了拍眼前的芸芸的臉頰。

我看見芸芸很不舒服地皺了皺眉頭，在知道她還有呼吸之後，鬆了口氣。

不知道是昏迷了多久。

明明施展了爆裂魔法，我的魔力卻已經恢復到只要我願意就能夠撐起身子的程度了，所以至少可以確定時間不會太短。

「妳醒啦？看那個眼睛，妳是紅魔族嗎？」

有一道聲音從頭上傳來。

難道在我們昏迷的時候，這道聲音的主人一直保護著我們嗎？

「……嗚嗚……痛痛痛痛……這裡是哪裡？全身上下都好痛喔……」

芸芸皺著眉頭醒了過來，接著更打算直接撐起身子。

我也一面撐起身子——

一面轉頭看向剛才那道聲音的主人。

「是的，我是紅魔族，名叫惠惠——」

轉過頭去看見對方之後，我就這樣僵住了。

一旁的芸芸也拖著沉重的身體，同樣撐起了身子。

「……？惠惠，妳怎麼了？表情那麼奇怪……不對，啊——！我想起來了！惠惠，妳幹嘛在那麼近的距離施展魔法，到底在想什麼啊……吶，妳到底是怎麼……了……？」

原本打算臭罵我一頓的芸芸，看見我僵住了，視線也跟著轉向聲音的主人——

「嗨，可以借問一下嗎？本大爺叫霍斯特……其實是這樣的，我在這一帶尋找一隻漆黑又巨大的魔獸……等等，怪了？喂，我好像在哪裡看過妳這張臉耶。不對，應該是長得很像某個人吧……」

站在我們眼前的是惡魔。

散發著金屬般光澤的漆黑皮膚。

令人聯想到蝙蝠的巨大翅膀。

感覺就連食人魔也能夠擺平的壯碩身軀，犄角和利牙更是加重了牠給人的威脅性。

上位惡魔。

無論從哪裡看、怎麼看都像是住在最後地城裡的那隻惡魔和我們對上了眼，接著說：

「……吾乃霍斯特。不是好大一隻哥布林而是上位惡魔，乃終將受某個小鬼使喚者……如何，本大爺的問候語不錯吧？妳們是紅魔族對吧？像這種感覺的問候語……」

「「呀啊啊啊啊啊啊啊啊啊啊啊啊啊！」」

看見那隻惡魔咧嘴露出利牙一笑，我們便放聲尖叫，拔腿就跑。

10

也不知道到底跑了多遠的距離。

不知不覺間已經跑出森林的我們，確認那隻惡魔沒有追上來之後，便當場癱坐在原地。

或許是真的太害怕了，芸芸哭到眼睛都腫了起來。

「呼……呼……！那、那那……那是什麼東西啊！惡魔……那是惡魔吧，而且還是超強的上位惡魔！感覺超厲害，超可怕的……！」

「呼……呼……老實說，我心想不過是會在這種地方出沒的惡魔，原本還不當成一回事呢。沒想到會出現那種大咖……」

說真的，如果我是一個人遇見牠的話，可能已經嚇到失禁了。

原則上，之前和我打過的厄妮絲要說是上位惡魔也是上位惡魔，可是剛才那隻……該怎麼說呢……就是外表長得太可怕了。

現在回想起來，在遇見那種怪物的狀況下，真虧我們還逃得掉啊。

大概是漸漸冷靜下來了，芸芸說：

「吶，惠惠。那隻惡魔好像說了什麼很奇怪的話吧？什麼紅魔族怎樣，什麼在找巨大的魔獸之類的……」

「我記不太清楚了啦，那個時候也沒有那個閒情逸致仔細聽。我總覺得好像聽牠說我長得很像某個人之類的……總之，遇見那種怪物還能保住一條命，已經算我們賺到了。短期之內，我不想再進到森林去了。」

我沉沉嘆了口氣，一臉蒼白的芸芸也點頭贊同。

「今天已經夠累了……吶，我們回去休息吧？」

「就這麼辦吧……不過在那之前，我們先繞到公會去，領取賣掉蟾蜍的報酬吧。而且也要順便報告那隻惡魔的事情才行。」

在平原和森林的邊界休息了一陣子之後，我們就往城鎮出發。

——我們今天明明一大早就出門了，但是在平原和森林狩獵似乎不知不覺就花了我們不少時間。

在染紅街景的夕陽之中，我們推開了冒險者公會的大門。

「真的啦！那個傢伙盯著城鎮附近的山丘上那座沒人管理的廢城一直看！然後就直接坐

上沒有頭的馬拉的戰車，不知道上哪去了……！」

或許是到用餐時間了，公會裡到處都是大口喝酒，大聲喧嘩的冒險者們。

在四處不斷傳出叫罵聲的環境之中，我們走向櫃檯。

「不好意思，我們來領取報酬……」

「哎呀，是惠惠小姐和芸芸小姐對吧？蟾蜍我們已經運回來了，三隻總共是一萬五千艾莉絲。請稍候。」

我對幫我們準備報酬的櫃檯大姊姊說：

「不好意思……順便請問一下，有沒有一擊兔的討伐委託啊？我們進森林的時候打倒了不少。」

說著，我遞出記載著打倒怪物的冒險者卡片。

「嗯——一擊兔原本是住在森林深處的怪物，所以平常不會造成損害，也沒有針對牠們的討伐委託……不過最近也開始在城鎮附近看見牠們出沒了，或許不久之後也會變成討伐委託的對象呢。」

這樣啊，太可惜了。

……啊，還有一件事。

「其實，我們在森林裡遇見那隻惡魔了。那是上位惡魔。別的不說，牠的智能高到會自稱是上位惡魔，再加上巨大的身軀和壓迫感。那肯定是相當大咖的惡魔。」

聽我這麼說，大姊姊的表情僵住了。

「還有，牠說什麼在找漆黑又巨大的魔獸。牠能夠溝通，也沒有突然就攻擊我們，所以或許是個友善的惡魔……」

聽芸芸如此補充，大姊姊歪過頭感到不解。

「漆黑又巨大的魔獸，是吧？……對於這樣的魔獸，我倒是有點頭緒。有種名叫初學者殺手的高危險怪物，體型頗為碩大，毛色也是純黑。但那隻惡魔為什麼要找那種怪物呢？是想當成寵物來養嗎……？」

大姊姊煩惱了一會兒之後說：

「啊啊，相當謝謝妳們的情報。不過，上位惡魔和初學者殺手啊……這已經超越危險的範疇了呢。在調查完成之前，或許會完全禁止各位進入森林，也麻煩妳們盡量不要進到森林去喔。」

說完，大姊姊就將蟾蜍的報酬交給我們。

11

「事態好像變得相當嚴重呢。」

走回我們過夜旅店的路上。

芸芸忽然冒出這麼一句話。

「遇見牠的時機太不巧了。因為那個時候我已經耗盡魔力。不然，在剛碰上牠的時候我還可以轟牠一下……」

「住手！面對那種敵人哪打得贏啊！總覺得那隻惡魔可能連爆裂魔法都接得下來耶！」

「……這樣啊，妳這是在挑戰我嗎？好吧，我要更改明天的計畫，再進森林一次……」

「不要！我絕對不進森林！要去妳就一個人去！」

就在你一言我一語地說著這些的時候，我們經過了土木公司前面。

「多、多謝……工頭辛苦了……」

「工頭辛苦了——！」

經常見到，讓我頗為好奇的那兩個人從公司門口走了出來。

看來，那兩個人也正好結束了工作。

那個男生已經累得不成人形，而昨天還那麼討厭從事土木工程工作的藍髮女生，則是帶著非常充實的笑容打著招呼。

男生搖搖晃晃地說：

「吶，明天開始要不要找別的工作來做啊……？妳說的一點也沒錯，土木工程根本不是人做的……」

對於如此叫苦的男生……

「你在說什麼啊？真是的，藺居尼特就是這樣。才第一天就突然說要放棄工作，是想怎樣？走啦，我們拿剛領到的薪水去澡堂清洗一下，吃點好吃的東西！明天再繼續加油吧！」

女生雙眼閃閃發亮，握緊拳頭這麼說。

看來，她已經發現工作的喜悅了吧。

「妳怎麼站在那邊不動啊？惠惠認識那些人嗎？」

「……不，我不認識他們。沒什麼，我們走吧。」

在芸芸的催促之下，我們也前往旅店。

……沒錯，我只是經常看見而已，並不認識他們。

可是，我總覺得他們好像一直都很開心的樣子。

所以對他們有那麼一點好奇就是。

「吶，我想喝冰到透心涼的深紅啤酒！」

「喂，那是酒吧？我們可以喝酒嗎？這個國家的法律、條例之類的是怎麼規定的啊？」

「真是的，你很膽小耶。那算了，今天就先喝冰涼的尼祿依德過過乾癮好了。」

「尼祿依德？吶，尼祿依德是什麼？」

女生沒有回答他的問題。

「我好餓喔，快點走吧！你知道嗎？公共浴場差不多都是在這個時間開門的喔！這個時段去的話說不定可以搶到第一個泡澡的資格！我先走啦！」

在如此大喊的同時，她就衝了出去。

「啊！喂，等一下啦，尼祿依德是什麼東西啊！應該說，妳跑那麼快小心又跌……」

在男生說完之前，女生已經跌倒了。

「……惠惠，還是別看他們比較好吧……」

「說、說的也是，我們走吧。」

那個女生哭喊著剛才跌倒的時候薪水袋不知道掉到哪去了。

而我們一面聽著她的聲音，一面走回到旅店去。

——今天真的發生了很多事情。

一開始和芸芸一起挑任務，然後是狩獵蟾蜍和狩獵兔子。

最後還遇見了上位惡魔。

……那隻惡魔到底是怎樣啊？

牠看了我的臉，說什麼我長得很像某個人……

沒記錯的話，牠還說牠正在找一隻漆黑又巨大的魔獸。

現在回想起來，或許我們應該多聽牠說兩句話才對。

在打開房門的時候，我一邊想著這些——

然後，我才剛走進房間又立刻衝了出去，跑去敲芸芸的房門。

「芸芸，不好意思，請過來一下！點仔不好了！我一回房，就看見我們家那隻漆黑又小巧的魔獸癱在那邊，一動也不動！」

「食物呢？吶，妳從一大早到現在，就一直把牠關在房間裡面對吧！妳有留飲水和食物給牠嗎！」

幕間劇場【貳幕】

苦惱的孤僻少女

「你們聽我說嘛！要找同伴的話，這邊有個超推薦的人選喔！聽說有個名叫萊因．薛克的超強長槍高手就在這個城鎮！他在鄰國創下當上龍騎士的最年輕紀錄，好像超有名……！」

「聽起來也太可疑了吧。況且，如果是那麼厲害的人，為什麼會在新手城鎮當冒險者啊？再說了，妳知道那個人的長相嗎？」

「嗚……這、這個嘛……我是不知道他的長相啦，不過聽說那個人原本是貴族家系出身的呢！說到貴族，除了花錢買地位的特殊案例以外，一定是金髮碧眼！沒錯，只要在這個城鎮找到金髮碧眼又有禮貌的型男就可以了！」

女孩的尖聲在冒險者公會裡迴響。

仔細一看，是一個背著長槍的女孩和一個看似盜賊的女孩正在吵鬧。

她們兩位的年紀應該都和我差不多。

「超強的長槍高手啊。金髮應該很醒目吧。我真正想要的其實是魔法師和祭司，不過要是看見類似的人還是試著邀他入隊好了。」

對兩人笑著這麼表示的，是個帶著看似魔劍的武器的大哥哥。

看來，他們三個人似乎是一個小隊的。

更重要的是，那位大哥哥剛才說，他真正想要的其實是魔法師和祭司……

這是個好機會。

一直被動等待，我和惠惠之間的差距只會越來越大。

雖然我之前已經放棄自己找其他冒險者搭話，但要是現在不主動出擊，我恐怕會一直為此後悔。

我不能永遠當惠惠之後的第二名！

下定決心之後，我站了起來，朝著那位魔劍士大哥哥……！

「哼——！」

「殺——！」

……原本想走過去的我，被不想讓我接近那位大哥哥的兩個女孩的威嚇嚇到，直接就轉頭退了回來。

——還是沒辦法。

像我這種膽小又孤僻的傢伙，恐怕只能永遠當第二名了。

就在這個時候。

「——妳是不是有什麼煩惱呢？或許看不出來，不過我其實是個祭司。如果妳願意，我可以聽妳訴說煩惱喔。」

正當我因為找隊友再次失敗，趴在桌子上很想死的時候，一個漂亮的大姊姊對我這麼說。

那位大姊姊身上穿的是以藍色為基調的長袍，所以大概是阿克西斯教徒吧。

之前在某個城鎮短暫停留的時候，我被阿克西斯教徒害得很慘，原本實在是不太想再和他們扯上關係了……

「……其實，我原本以為來到這個城鎮就能水到渠成的事情現在一點進展也沒有，讓我很傷腦筋……」

然而，不知不覺間，我開始對那位大姊姊訴說起自己的煩惱。

對方明明是因為過於自由奔放而讓許多人感到害怕的阿克西斯教徒。

原本默默聽著我說話的大姊姊接著說：

「放心吧，阿克婭女神一定也會對妳伸出援手。」

聽了大姊姊溫柔的話語，我不禁抬起頭。

在我以渴望救贖的眼神注視之下，大姊姊終於拿出了一張紙。

她輕輕遞給我的那張紙，是我曾經看過的東西。

『阿克西斯教團入教申請書』

「來吧，加入阿克西斯教團的話，妳一定也會有美好的邂逅……！」

大姊姊的態度突然大變，試圖把申請書塞進我的手裡……！

「太、太過分了……不愧是阿克西斯教徒，面對那麼沮喪的女孩，居然還用那種方式拉她入教。先哄她開心再一口氣攻陷她！你們看那個傢伙高興的表情！」

「聽說他們的教義是積極去做會讓人不高興的事情，真是教人不敢相信……就算是那個女孩也不至於……」

在遠處看著我們的人們正在交頭接耳，不知道在說著些什麼。

我緊緊握住入教申請書……

「我要加入阿克西斯教！如此一來……如此一來，我也能交到朋友，找到同伴了吧！」

「「「咦！」」」

我下定決心這麼說，但不知為何，就連阿克西斯教徒大姊姊也跟著驚叫出聲了。

第三章
不受控制的聖女與水之女神
阿克西斯教徒
祭司

1

今天早上，公會裡是前所未見的喧鬧。

「第三班也需要祭司！如果哪個班有兩名以上祭司加入的話，麻煩分一個過來！」

「有沒有魔法師——？魔藥的數量不夠，會調魔藥的魔法師快過來——！」

向公會報告了那隻惡魔的事情之後，過了一個星期。

為了進行調查，森林變成禁止進入的地方，冒險者們失去了一個好賺的收入來源。

一開始大家都乖乖待在平原之類的地方狩獵。

但是，血氣方剛的冒險者們怎麼可能一直都這麼乖。

在大家一再催促開放森林的聲浪之中，公會終於決定要討伐惡魔，開始組織討伐隊。

對自己的本事有信心的冒險者們，為了宣洩收入來源遭到剝奪的鬱悶，一大早就開始忙著準備。

望著如此匆忙的冒險者們……

「——事情越鬧越大了呢。」

我對著握緊魔杖，還緊張不已的芸芸低聲這麼說。

「妳、妳怎麼有辦法那麼冷靜啊！惠惠也見過那隻惡魔不是嗎！即使在充斥著強大怪物的紅魔之里周邊，也沒有看起來那麼凶惡的怪物耶！」

芸芸先是如此責問，然後又哭喪著臉這麼說。

「如果芸芸那麼不想去，乖乖留在這裡等我們也沒關係喔。話說回來，有這麼多冒險者的話，再怎麼樣也不至於落敗吧。就算不到百人，現在的人數也已經不下二三十了。而且這次的討伐隊光是參加就可以得到報酬。只要跟在最後面就可以賺到零用錢了，怎麼可以放過這種大好機會呢？」

「才、才不是呢……！惠、惠惠要參加的話，我怎麼能放著妳不管呢……」

「妳有說話嗎？有說話對吧？快點快點，大聲點再說一次啊。」

「妳明明就聽見了吧！吶，妳明明聽見了卻想逼我再說一次對吧！」

芸芸害羞到連耳根子都紅了，雙手掩面趴到桌子上，而我一面奸笑著一面搖她，同時再次環顧公會裡面。

根據一大早就待在這裡的芸芸所說，有個長得很漂亮但是氣色很差的大姊姊，拿了大量的魔藥類道具來，說是免費提供的物資。

聽說，那位大姊姊還傷心地自言自語說著「這下子暫時要靠吐司邊和糖水度日了……」

就是。

有這麼多人手和支援的話，對付那隻上位惡魔也不成問題了吧。

「不過，參加惡魔討伐的理由，也不是只為了報酬啦。妳仔細想想，如果在這次討伐中能夠大放異彩，我們就不需要自己去拜託別人讓我們入隊，別的小隊也會相爭著要我們加入啦。大家肯定都會來挖角我們。」

聽我這麼說，芸芸的表情一亮。

「而且這次討伐，好像有兩組相當有名的冒險者隊伍也會同行喔。據說，其中一組是持有魔劍的型男所率領的小隊，另外一組是……」

就在這個時候。

「喂喂，難不成妳們兩個小妹妹也要參加嗎？饒了我吧，我們可不是去遠足喔。」

「等、等一下啦，雷克斯。你看仔細一點，她們是紅魔族喔！她們的本事肯定比你還要高強吧。」

一對男女突然在一旁對我們這麼說。

男的身材高壯，鼻子上有個被抓傷的大疤痕，女的長得很漂亮，但是眼神銳利，看起來

個性很強悍。

我記得這兩個人加入的小隊是……

「啥？比我還強？這種小孩？喂，妳少開玩笑了。對吧，你也說她兩句嘛。」

「不，蘇菲說的對。你不知道紅魔族嗎？聽說他們全部都是大法師，而且各個都會用上級魔法，是一群使用魔法的專家耶。」

「真的假的啊，泰瑞！唔……喂，妳們兩個真的會用上級魔法嗎？」

正是另外一個有名的冒險者隊伍。

「不，我們不會用上級魔法。」

我這麼說，身邊的芸芸也用力點頭。

雷克斯聽了就從鼻子對泰瑞哼了一聲，像是在說「看吧，我就知道」似的。

「咦？太、太奇怪了，關於紅魔族，我聽說的確實是這樣啊……」

「傳聞這種東西，多半都會加油添醋啦。比方說，什麼比我還要強的魔劍士啦，還有那個叫什麼名字的來著……就是那個大家都說千萬別和她扯上關係的，腦袋有問題的某某魔道師是吧？這些肯定都是誇大其辭啦。算了……妳們想跟來賺點零用錢是妳們的自由，不過妳們可得盡量別拖累我們啊，兩位小妹妹。」

說完，雷克斯像是小孩子一樣大笑了幾聲，然後就帶著同伴們離開了。

這就是所謂的對菜鳥冒險者的洗禮。

如果是之前的我，可能就當場開始詠唱魔法嚇唬他了吧，但是接下來我們還得一起出討伐任務，還是別無謂生事……

「惠惠，不可以，冷靜一點！」

「喔喔！妳、妳幹嘛啦！快、快放手！」

就在我看著雷克斯他們離開的時候，芸芸從背後抱住了我。

她似乎是覺得我會對雷克斯怎樣吧。

「我什麼都不會做啦，放開我！我好歹也有點成長了，這點煽動影響不了我了好嗎！應該說，妳是不是把我當成地痞流氓還是什麼了啊！更重要的是，不要把妳的胸部貼到我背上啦，真不爽耶！妳再不趕快放開的話，我就用力捏到妳最引以為傲的胸部縮水，捏到留下爪痕為止！」

2

在蓊鬱茂密的森林裡。

我和芸芸混在討伐隊的墊後隊伍之中。

「嗚……嗚……」

芸芸在我身旁摀著胸部，抽抽搭搭地哭著。

「妳要哭哭啼啼到什麼時候啊，差不多該安靜下來了吧。我們得負責後方的戒備耶。」

「妳、妳以為是誰害的啊……！嗚嗚，我還以為會被拔掉耶……」

參加的隊伍總共有十組。

每個隊伍大致上都有六到十人在裡面。

討伐隊的最前面，好像是型男魔劍士的小隊打頭陣。

然後，我們這個墊後隊伍……

「喂，又見面了呢！要是有怪物出現，妳們可以躲起來沒關係，但至少保持安靜吧。」

說著，雷克斯對我們笑了笑。他所率領的小隊一面警戒著四周的狀況，一面前進。

「啊！不、不好意思……」

被他叮囑的芸芸顯得有點畏縮。

雷克斯他們似乎也是有名的小隊，不過構成的隊員全都是使用武器的前鋒職業。

以背著大劍的雷克斯為首，隊員分別以長槍和斧頭為武器。

「你們才是，乍看之下應該沒有人會用魔法吧？你們知道這個森林裡有史萊姆嗎？要是冒出不怕武器的史萊姆，你們可以躲起來沒關係，這位芸芸會除掉牠們。」

「惠、惠惠！」

我的發言惹來了芸芸的輕聲斥責，而雷克斯聽了，笑容也變得僵硬。

「唔……喂，妳還真敢說啊。這樣啊，那就期待妳們的表現啦。史萊姆確實是很棘手，要是牠們出現了……」

雷克斯的話還沒說完，討伐隊的前鋒就像是算準了時機似的鼓譟了起來。

「怪物出現了喔——！」

聽見前方隊伍如此出聲提醒，雷克斯他們立刻對四周嚴加戒備。

我們事先已經安排好，如果那隻惡魔出現了，大家就會各自散開包圍住牠，由分配到各個隊伍的祭司和魔法師展開攻擊。

要是前面的隊伍已經遇見惡魔了，我也想立刻趕過去，但是……！

「可惡，哪來這麼多小怪物啊！喂，我們趕緊驅除牠們！要是前方隊伍已經碰上惡魔，我們也得快點過去支援才行……」

不知道從哪裡冒出來的眾多怪物，讓包括雷克斯在內的冒險者們都著急了起來。

這是那個現象。

一旦強大的高等怪物現身，低等的怪物就會想逃離對方。在對付厄妮絲的時候，我也見過這個現象。

這就表示，那隻惡魔肯定在附近。

這時，樹上有東西朝那個名叫蘇菲的女子頭上滴了下來。

蘇菲一個翻身躲過之後，發現那是個不停蠕動的綠色物體。

「『Lightning』！」

偷襲蘇菲的史萊姆中了芸芸的魔法之後抖動了一下，然後變成一攤液狀，動也不動。

在場的所有人都抬頭看向滴下史萊姆的那棵樹……！

「「噫——！」」

只見大量的綠色史萊姆在樹上蠢動，簡直就像史萊姆從樹上長出來似的。

「不要——！我受夠了——！夠了，我要回去紅魔之里啦！」

「芸芸，別顧著哭了，處理一下那些啦！我知道妳覺得很噁心，可是多成那樣如果由我來轟炸，沒中招的史萊姆會飛濺到附近的其他地方！這種時候要用妳的魔法來燒光牠們！」

我拚命安撫哭鬧的芸芸，用力從背後推她。

「住手！我知道了啦！我來解決牠們就是了，別推啦！」

「唔……喂，妳也是紅魔族吧？妳也會用魔法對吧？既然那個女孩那麼不願意，也不需要這樣強迫她……！」

就在雷克斯如此責難的時候。

「『Fire Ball』————！」

或許是集體蠕動的史萊姆群真的讓她很害怕，芸芸使盡全力施展了魔法。

隨著巨響命中樹木的火球魔法，讓史萊姆大軍陷入一片火海。

「太、太厲害了……！」

「所以我不是說了嗎？他們是一群使用魔法的專家！」

「真、真是有兩把刷子呢……！」

「那個女孩不就是那個……老是在公會的角落玩撲克牌的……」

包括雷克斯和泰瑞在內，附近的冒險者們都仰望著熊熊燃燒的樹木，如此讚嘆。

「呼……妳表現得很不錯嘛，芸芸，充分展現出紅魔族的風範……妳、妳幹什麼！」

「妳這個傢伙————！」

正當焚燒了史萊姆的芸芸淚眼汪汪地撲向我的時候，原本在幫熊熊燃燒的樹木滅火的雷克斯他們說：

「哎呀，佩服佩服。剛才真是不好意思啊，說了那些瞧不起妳的話。另外那個小不點也

有同樣的本事對吧？」

「不、不是，我的魔法比較特殊……該怎麼說呢，那是對付強敵的王牌，或者該說是用在這種地方太浪費吧……」

我含糊地如此辯解，雷克斯便揚起一邊的眉毛說：

「……什麼嘛，是個嘴砲魔法師啊。」

「你說什麼！」

「惠惠，妳冷靜一點啦！妳剛才在公會的時候不是自己說了嗎，妳已經成長了，這點煽動影響不了妳了！」

正當我們還在爭執的時候，前方有人放聲大喊。

我記得那個型男魔劍士在前面對吧。

是他們的隊伍掃蕩怪物了嗎？

……這時，走在前面的冒險者之一，往我們這邊衝了過來。

「喂，不妙了！這下沒救了，感覺一點勝算都沒有！惡魔突然現身，魔劍勇者中了他的埋伏受了傷！那隻惡魔連上級魔法都會用！根本是魔王軍幹部級的敵人吧！撤退啦！」

——聽了那個冒險者如此警告，包含我們的隊伍在內，位於後方的隊伍頓時騷動不已，陷入一陣混亂。

3

我們一群人有如不死怪物般，毫無生氣地走在夕照之中。

「嘖……什麼魔劍勇者啊，竟然那麼簡單就被幹掉了。如果打頭陣的隊伍是我們，應該可以把牠打跑才對吧。」

走回阿克塞爾的歸途。

在氣氛完全像是守靈夜一樣低迷的討伐隊之中，雷克斯一面砸嘴，一面這麼嗆聲。

那個叫魔劍勇者的人，好像相當有名。

聽說，那隻惡魔在出現的同時，就突然襲擊了那個拿魔劍的人。

仔細一問才知道，那個魔劍勇者的名字已經傳遍魔王軍了。

……魔劍勇者。

魔劍勇者？

是怎樣，我總覺得好像在哪裡聽過類似這樣的人耶。

配劍充滿強大魔力的……儲備勇者……

沒錯，我記得當我還是學生的時候，在學校……

「話雖如此，儘管受了傷，他還是奮力砍向那隻惡魔，好像還砍下牠一邊的翅膀呢。我們之所以能夠輕鬆逃脫，也是託了他的福吧。無論如何，既然對手是魔王軍幹部級的敵人，只好等公會從其他城鎮招集高等級冒險者過來了。」

蘇菲如此安撫雷克斯。

眾人之中，唯有雷克斯一副很不是滋味地吐了一口口水。

「——各位冒險者，歡迎回來！公會已經接獲報告，聽說對手非常不得了呢……！」

我們回到公會時，櫃檯的大姊姊已經在外面迎接我們了。

討伐隊這次的災情，首先是那個魔劍士的傷勢，相當嚴重。

同時，還有十幾位冒險者也受了輕傷。

祭司們對傷患詠唱了恢復魔法，也使用了魔藥，但是大概暫時無法再次戰鬥了吧。

畢竟，最受期待的主要戰力受了重傷，根本無法出戰。

一名冒險者聳了聳肩說：

「沒辦法，對方是上位惡魔嘛。對我們這些新手來說，負擔太重了。這種時候還是乖乖等高等級冒險者從別的城鎮過來增援吧。公會應該提出增援的請求了吧？」

那個人一派輕鬆地這麼說，卻讓大姊姊露出悲痛的表情。

……是怎樣，有種不祥的預感。

「那個……各位，請冷靜聽我說。其實不久之前傳回來的情報指出，魔王軍幹部——無頭騎士貝爾迪亞，帶著大量不死怪物離開了魔王城。」

聽見魔王軍幹部這幾個字，公會內頓時一陣嘩然。

「目前為止，貝爾迪亞的目的和行蹤都還不明朗……不過，這個城鎮只有菜鳥冒險者，也不是重要的戰略據點，所以八成不會遭到襲擊才對。也因為這樣……」

大姊姊一臉歉疚地說：

「公會表示，在解決魔王軍幹部這件事之前，其他城鎮也沒有餘力派出增援。也就是說……這次的惡魔騷動，只能由這個城鎮的各位設法解決……」

氣氛原本就已經夠像守靈夜的公會，這下子更是陷入了一片死寂。

看見這個狀況，大姊姊連忙表示：

「請等一下，其實也不是只有壞消息！關於一位不久之前才剛登錄的冒險者……其實呢，這個城鎮竟然有一位驅除惡魔的專家，同時也是稀有職業的大祭司！」

大祭司。

在上級職業當中，那也是適任者特別少的一種職業。

是惡魔和不死怪物的天敵，可以說是最適合解決這場騷動的人。

但是……

「喂，等一下，妳說『不久之前才剛登錄的冒險者』……意思就是，對方是等級一的大祭司吧？」

沒錯，既然是才剛登錄不久，等級一定也很低，技能當然應該也沒學會多少才對。

各項能力當然也……

「也不盡然呢，各位請聽我說！那位冒險者除了一小部分以外的能力值都高到破錶，而且還是已經學會所有技能的超優秀大祭司！」

大姊姊這番話，讓公會內的冒險者都僵在原地。

然後……

「那是個怎樣的祭司啊？」

「喂，真的假的啊！如果是那麼強的大祭司，說不定就連那隻惡魔也能夠……！」

「特徵呢！快把那個大祭司的特徵告訴我們！」

正當冒險者們興奮地如此表示之際，一個剛才還在喝悶酒的男人站了起來。

「……我說，找到那個大祭司的話，就連魔劍勇者的重傷也能夠輕鬆治癒吧？到時候除了那個大祭司，拿魔劍的那個傢伙也可以再次成為戰力。這樣一來，一定就可以……！」

聽他這麼說，在場的冒險者們紛紛面面相覷。

「那位大祭司的特徵是有著一頭澄澈的水藍色頭髮，同時具備女神般的美貌……！」

「「「唔喔喔喔喔喔喔喔！」」」

在大姊姊說完之前，冒險者們已經一一衝出公會。

……只有男性冒險者就是了。

「……大家都跑掉了呢。怎麼辦，我們也要去找嗎？」

「……既然他們都那麼拚命了，一定可以馬上找到吧。我好像有點累了……」

「是喔，我還想在這裡多待一下。因為……就是……剛才我的魔法有點派上用場了對吧？所以，我想說……」

她想說的大概是自己在解決史萊姆的時候有所表現吧。

……原來如此，她大概是想等等看會不會有別的小隊看見她剛才的表現來挖角她吧。

可是，該怎麼說呢……

我左右看了看已經幾乎沒有人在，變得空蕩蕩的公會。

「那、那麼，妳別太晚回來喔。」

「我知道啦！妳放心，天亮以前我就會回去了！」

「再、再早一點回來好嗎！」

4

冒險者們在鎮上四處奔走。

時間已經是黃昏了。

正好也是勞動者們結束工作，踏上歸途的時段。

而大塊頭的冒險者們就在如此人潮洶湧的時刻跑來跑去，實在礙事到了極點。

「水藍色頭髮的女神！快找出水藍色頭髮的女神——！」

在四面八方都可以聽見如此的呼喊聲的狀況下，不久之後，隨著劇烈的碰撞聲，傳出一個女生的尖叫。

看來是慌慌張張地到處跑的冒險者之一，終於撞到了行人。

「喂，你這個人是怎樣，走路不長眼睛的啊！都是因為你撞到我，害我剛剛才拿到的薪水都散落一地了耶！快點給我撿回來！我拿到的薪水有一萬艾莉絲，要是少了，你可得自掏

腰包補齊喔！」

「妳、妳這個傢伙……！妳這樣真的可以嗎？好歹妳也是……嗚咕！」

我覺得聲音似曾相識，轉頭一看，果然是那兩個人。

水藍色頭髮的女生就在我的眼前，摀住了和她走在一起的男生的嘴。

「是、是我不好，我現在就幫妳撿……可是，掉在地上的錢怎麼想都不到一萬艾莉絲……等等，妳的頭髮……是水藍色的！」

「？怎麼，我的頭髮不可以是水藍色嗎？你有意見嗎？這種事情一點都不重要好嗎，快點把錢撿起來！再不快點我會來不及搶第一個泡澡啦，我今天也做了好多工作，實在很想快點泡澡耶！」

「啊，抱、抱歉！……頭髮是水藍色的沒錯……但她這樣會是超優秀的大祭司嗎……？女神一般的美貌……這個肯定不對了。瞧她渾身泥濘，有點髒兮兮的，而且高位的神職人員怎麼可能做這種藉機打劫的事情……」

「……？什麼——？你有說話嗎？」

「沒、沒有，我什麼都沒說。應該說，我們現在有別的事情要忙，這些給妳就是了，放過我吧。我先走了！」

撞到人的冒險者給了那個女生一萬艾莉絲當成賠償金，接著便直接跑走了。

「太好了！你看你看，這就叫作處世之道！好了，你快點幫我撿錢吧！……？吶，你在哭什麼啊？」

「……我說，妳好歹也是人們所崇拜的對象沒錯吧……？」

「都什麼時候了你還在說這種話？這種事情不是用看的就看得出來了嗎？」

「我一點都看不出來。」

女生握著錢，就這麼和少年吵起架來了。

——擁有女神一般的美貌，水藍色頭髮的超優秀大祭司。

……就連我也看得出來，肯定不是那個水藍色頭髮的女生。

——拖著疲憊的身體，我回到旅店，走向房間。

對喔，我每天必發的爆裂魔法今天還沒發。

等芸芸回來再叫她陪我去好了。

我一邊想著這些，一邊開了房間的鎖，然後打開門……

「妳回來啦，惠惠小姐。妳要先洗澡呢？還是要先和我這樣那樣呢？又或者是妳想不想加入阿克西斯教呢？」

接著直接把門關上。

同時，我已經關上的門猛然敞開。

「惠惠小姐真是的幹嘛害羞呀！真的是太可愛了！妳這個小蘿莉真是一點都沒變！」

出現在門後的，是我之前在阿爾坎雷堤亞遇見的祭司。

在那個城鎮把我扯進很多事情之中的，阿克西斯教團的大姊姊。

5

「──大姊姊。」

「叫我姊姊就可以了。」

我進房坐在床上，按著隱隱作痛的頭，對著在我眼前坐在椅子上，笑瞇瞇地抱著點仔的大姊姊，再次開了口。

「我有很多事情想問大姊姊。」

「叫我賽西莉。雖然妳想叫我姊姊或是大姊姊都可以，不過，我們的關係也差不多該進展到以名字互稱的階段了吧。」

「大姊姊，妳怎麼會在這裡啊？」

早上出門的時候，我應該有鎖門才對。

我明明有鎖門才對，這個大姊姊到底是怎麼進來的啊？

更何況，這個人應該還待在阿爾坎雷堤亞進行名為招募教徒的恐怖攻擊才對啊。

「叫我賽西莉。這個嘛……事情有點說來話長就是了……」

說著，賽西莉以手指抵著嘴唇，煩惱了半晌。

「我覺得說明起來好麻煩喔，就當作是阿克婭女神的指引好了。」

「一點也不好！應該說，我想問的是妳到底是怎麼進來我上了鎖的這個房間裡面！」

對於我咄咄逼人的態度，賽西莉突然露出一臉正經的表情。

「其實……我之所以來到這裡，是有求於惠惠小姐。」

「就算妳裝出認真的表情也無法蒙混過去喔。」

賽西莉要說的事，簡單扼要一點就是——

阿克西斯教團的最高負責人傑斯塔表示，他聽見了阿克婭女神的聲音。

根據賽西莉所說，別看傑斯塔那個樣子，他在阿克西斯教團當中，也是實力數一數二的大祭司。

所以，他好像能夠接收到他們敬拜的女神所傳出的神諭。

「原來如此，在我看來只是個變態的他，好歹也是足以嚇住上位惡魔厄妮絲的強者嘛。能夠接收到神諭更是……」

相當有神職人員的樣子呢。我修改了一下自己對他的認知。

「所以，他到底接收到什麼樣的神諭來著？阿克塞爾這裡將有災難降臨之類的嗎？還是打倒魔王的勇者在此出生了？」

「傑斯塔大人是這麼說的。從阿克塞爾的這個方位，接收到阿克婭女神的神聖電波。就在不久之前，他聽到女神的聲音說：『我是阿克婭。沒錯，就是阿克西斯教團所祭拜的神體，阿克婭女神！若汝是我的信徒……！……能不能請汝幫個忙，借我一點錢。』之類的，據說是這樣。」

「瞬間變得很可疑了呢。」

說出接收到電波這種話就已經夠可疑了，神諭的內容還是要自己的信徒提供金錢耶。

「神諭的內容是很莫名其妙，但是阿克婭女神碰上切身的麻煩是可以確定的。再怎麼樣，傑斯塔大人也絕對不會做出假借阿克婭女神之名滿足自身利益的事情……我不知道阿克婭女神為什麼需要錢，但是為了在傑斯塔大人感應到電波的這個地方查明背後的緣由，阿克西斯教團才會像這樣，派了我這個美女祭司過來。」

「還真的是很閒呢，你們阿克西斯教團。」

自稱美女祭司的部分還是別吐嘈好了，太麻煩了。

應該說，那個謎樣的神諭和我到底哪裡有關聯了來著。

「來到這個城鎮，我才理解了阿克婭女神的神諭是什麼意思。這個城鎮目前正受到阿克西斯教團的仇敵——惡魔威脅對吧？」

賽西莉帶著正經的表情，抱著點仔，移動到坐在床上的我身旁來。

「是啊，確實有隻惡魔出現在這個城鎮的森林，也因此造成冒險者們很大的麻煩……妳的意思是，那個神諭是在說這件事嗎？」

賽西莉依然一臉正經，卻一點一點鑽進我的床單。

……這個人是怎樣，表情那麼認真卻做出這種事情來。

「沒錯，阿克西斯教團的教義當中有一條鐵律，叫作『惡魔必殺』。阿克婭女神在這個城鎮想要錢。傑斯塔大人表示，這個城鎮肯定出了什麼問題。兩相對照之下……沒錯！」

擅自鑽進被單底下，只剩下頭露在外面的賽西莉說：

「神諭是要我用教團交給我的錢僱用人馬，宰了那隻出現在這個城鎮的惡魔！」

「是、是這樣嗎……？話說回來，妳可不可以從床單底下出來啊？這裡是我的房間，而且這張床也是我在睡的……」

賽西莉完全不理會我說的話，帶著幸福的表情把鼻尖埋進床單，開始聞起味道來。

……喂。

「來到這個城鎮之後，我第一個想起來的就是之前照顧過我的惠惠小姐……」

「喂，不管妳要說什麼鬼話都給我先離開床單底下再說。」

儘管我試圖拉開床單，賽西莉的力氣卻是出乎意料的大，展現出頑強的抵抗。

只要不講話分明是個還滿漂亮的人，阿克西斯教徒為什麼都是這種美中不足的傢伙啊！

「這個城鎮的阿克西斯教徒人數非常少，連教會都無法正常營運，更別說借用人手了！所以，我有一件事情想拜託惠惠小姐！」

「我可不管，妳想拜託我什麼我都不想管！坦白說，我已經不想再和你們扯上關係了！而且請妳不要聞我的枕頭啦！」

床單被我扯掉之後，躺在床上的賽西莉從懷裡拿出一個塞滿東西的袋子。

「如果妳陪我一起找到那個據說待在這個城鎮的，大家正在討論的大祭司，有五百萬。幫我打倒那隻惡魔就有一千萬。」

「成交。」

就這樣，我又要幫阿克西斯教團的忙了。

6

和賽西莉一起走在鎮上的時候。

「喂，如何？找到了嗎？」

「沒有啦，哪有水藍色頭髮的超強美女大祭司啊！我看到的只有水藍色頭髮的酒醉藝人而已！可惡，美女大祭司到底上哪去了……！」

路上依然可以見到冒險者們四處奔走，大概還在找那個大祭司吧。

「他們都找得那麼拚命了，可是好像還找不到耶。我們真的找得到那個人嗎？」

對於我這番話，賽西莉表示：

「他們找的到底都是些什麼地方啊？我覺得他們應該換個地方找才對。如果說到大祭司可能會去的地方，惠惠小姐會想像的都是哪裡呢？」

「大祭司可能會去的地方……比方說在教堂祈禱，或是去公墓安撫迷途亡靈……？」

聽說對方是個超強的大祭司。

她一定是個信仰心非常虔誠，品德高尚的……

「身為阿克西斯教的祭司的我，平常在這個時段會採取的行動是……首先衝到公共浴場去第一個泡澡。之後，配著酥炸蟾蜍喝杯冰到透心涼的深紅啤酒，並且和色瞇瞇地看著美麗的我的肢體的醉漢吵架，最後對著艾莉絲教的教會丟石頭，就可以心滿意足地回家了。」

「最好是有這種神職人員啦。」

那位大祭司，該不會和這個人一樣是阿克西斯教徒吧？

不不不，櫃檯大姊姊說，她的能力值超高、法力高強，而且有著女神般的美貌。

既然如此，她是阿克西斯教徒的可能性應該低到一個極限才對。

……應該是這樣才對。

「真的啦……我的直覺很準的喔！只要去我剛才說過的地方繞一圈，肯定可以見到那位大祭司。所以，妳懂吧？快點，現在就過去的話，浴池應該還沒多少人喔！」

「我看只是大姊姊想去那裡而已吧？走吧，我們先去教會看看。」

「啊啊啊啊……惠惠小姐，找人明天再開始就可以了，和姊姊一起去泡澡嘛！和姊姊一起幫對方洗背嘛！」

「妳不打算找人的話我就要回去了喔！」

——我們首先來到艾莉絲教會。

來是來了……

但是，我立刻後悔帶著賽西莉來到這個地方了。

「混帳，給我開門！我知道你們包藏了能夠驅除惡魔的大祭司！再不開門的話，我就要把門敲破了喔！」

賽西莉整個人貼在艾莉絲教會的門上，對著門又踹又捶。

「我們這裡沒有那種人！阿克西斯教團的相關人士都禁止進入本教會！兩位請回吧！兩位請回吧！」

艾莉絲教徒悲痛的吶喊從教會裡面傳了出來。

看著文風不動的門，賽西莉嘖了一聲。

「惠惠小姐，輪到妳出馬了。拜託妳代替我教訓他們。用魔法將教會夷為平地吧。」

「這種事我最好是辦得到啦！……而且，妳一開始先用正常的態度對待他們不就好了，為什麼要這樣做啊？不要把情況弄得這麼複雜好嗎，太麻煩了。」

我一面嘆氣，一面對著緊閉的門說：

「不好意思，我是一個冒險者，可以聽我說幾句話嗎？」

「妳也是來找大祭司的嗎？請妳回去，這裡沒有什麼美女大祭司！你們是怎樣啊，從剛才開始鎮上的冒險者就一個又一個接連跑來這裡……！」

……看來，大家的想法都一樣。

「不好意思，打擾到你們了。其實是這個城鎮附近，出現了一隻擁有強大力量的惡魔。所以，我們才想問問看那位大祭司能不能幫忙我們驅除那隻惡魔……」

門後的人安靜了下來，似乎願意聽我解釋了。

「我們最依賴的厲害冒險者也受傷了。所以為了治療冒險者的傷勢，並且對抗那隻惡魔，我們才會想找到她，並借助她的力量……」

就在我說到這裡的時候。

教會的門喀嚓一聲敞開……

「……這間教會裡面，沒有那樣的人。」

一名看似祭司的女子帶著疲憊的表情，探出頭來這麼說。

聽見這句話，我點頭致意，準備離開。不過這時——

「這間教會裡面是沒有……不過，附近的孤兒院會提供救濟餐。我不知道那位祭司會不會過去，不過無所屬的祭司經常到類似那樣的地方從事慈善活動。」

那位女子接著這麼表示，並露出嫣然一笑。

「……！非常感謝妳的……」

在我道謝之前，教會裡面已經響起玻璃的破碎聲以及尖叫聲。

我心想不知道怎麼了，轉頭一看……

「好球！」

發現賽西莉在腳邊擺好了投擲用的石頭，對著破掉的窗戶，帶著充滿成就感的表情擺出勝利姿勢。

——在前往孤兒院的路上。

「妳是笨蛋嗎！阿克西斯教徒這種人，為什麼各個都是笨蛋啊！什麼好球啊，我知道你們和艾莉絲教徒的關係很不好，但到底是哪來的衝動，促使讓你們做出那種事情啊！」

「說到這個我也覺得很奇怪，來到這個城鎮之後我的心情就莫名興奮。該怎麼說呢，狀況比平常還要好上許多。難道是偉大的阿克婭女神的庇蔭嗎？」

「如果讓妳興奮到這種程度真的是庇蔭的話，在我結束一生見到阿克婭女神的時候，一定會猛力攻擊她。」

「呼……話說回來，剛才真的好險喔。沒想到那個祭司一臉乖巧的樣子，竟然會像那樣怒上心頭，襲擊我們……」

「就是說啊！連那麼親切的人，妳都要惹她生氣，到底是想怎樣啊！那個和善的祭司變臉的時候，真的是嚇死我了！」

時間已經過了傍晚，天色也開始變暗了。

因為是晚餐時間，馬路旁的酒吧和餐廳也開始湧現人潮。

走在這樣的街上，我們經過一間酒吧前面的時候，裡面傳出一陣特別大的歡呼聲。

賽西莉聽了，像是飛蛾撲火般飄了過去……

「等、等一下，妳想去哪裡啊？沒時間讓妳玩了，再不快點去孤兒院，晚上的救濟餐發放時間就要結束了！」

「話是這麼說沒錯，但是這間酒吧裡傳出來的歡呼聲聽起來也太開心了……！阿克西斯教徒的直覺正在對我說，那個大祭司一定就在這間酒吧裡……！」

「那個大祭司來這種地方做什麼啦！這裡是自彈自唱的街頭藝人聚集的酒吧，法力強大又品德高尚的神職人員怎麼可能會來這種地方！」

「可是可是，在我們教團裡法力數一數二強大的傑斯塔大人，每三天就會去一次更低俗的酒吧……」

「請不要把那個大叔算進神職人員裡面，其他同業會生氣的！」

我拖著試圖抵抗的賽西莉，前往發放救濟餐的地方。

——我們來到了發放救濟餐的孤兒院，不過……

「呼嗝……原來如此，她也沒有來這裡啊……咕嚕！再來一碗，要大碗的喔！」

賽西莉大口吃著為貧苦人家準備的救濟餐，一面帶著認真想事情的表情要求再來一碗。

再怎麼自由也該有個限度吧，這個人。

阿克西斯教徒是不是全部都這樣啊？

「是的，我不曾看過那樣的人來這裡從事慈善活動。不過，水藍色的頭髮是嗎……經常來吃我們的救濟餐的人當中，原則上是有個水藍色頭髮的女生啦……兩位在找的，該不會是她吧……？」

法力高強的美女大祭司，總不可能淪落到得吃救濟餐吧。

看來這裡也落空了。

我向發放救濟餐的幫傭道了謝之後，賽西莉拍了拍鼓起的肚皮說：

「呼……謝謝你們的粗茶淡飯。惠惠小姐，吃飽之後我覺得好想睡喔。我們在找的那位大祭司現在一定也睡得很香甜了吧，乾脆我們就回旅店睡覺了好不好？」

這、這個傢伙！

——最後要找的地方是公墓。

天色已經完全暗了下來，位於郊區山丘上的公墓充滿了難以言喻的氛圍。

憑藉著油燈的亮光，我和賽西莉站在公墓正中央，但廣大的墓園裡毫無人跡。

雖然是我自己提議要來的，說這種話好像有點不妥，但我開始懷疑大祭司是不是真的會來這種地方了。而就在我這麼想的時候——

「噫————！」

「呼哇————！」

賽西莉突然放聲大叫，害我也跟著叫了出來！

差點把油燈摔到地上的我，連忙環顧四周。

「怎、怎麼了，發生什麼事了！有不死怪物出現嗎？」

說著，我把賽西莉護在身後，並且提高警覺……！

「呵呵，噗——！真是的，惠惠小姐的尖叫聲竟然是『呼哇————』！竟然是『呼哇————』啦！怎麼會這樣，簡直就是太可愛了痛痛痛痛痛痛！對不起啦，大姊姊只是開個小玩笑而已，不會再犯了啦，別打了！原諒我啦！」

正當怒上心頭的我拿法杖一直捶打賽西莉的時候，出了城鎮就一直黏在我腳邊的點仔突然仰望著空中，動也不動。

牠看的地方，是我和賽西莉的正後方。

看著一直凝視那邊，動也不動的點仔……

「大姊姊……不好意思，我有件事情想請身為祭司的妳幫忙……」

「什、什麼事啊？先聲明喔，我只會用簡單的恢復魔法。我的『Turn Undead』道行還不夠，就連魔法要詠唱的咒文都記不太清楚喔。」

怎麼辦，這個人怎麼會這麼不可靠啊。

……這時，身後的月光，照出了油燈以外的影子。

影子不停飄動，大小和鬼火差不多……

「……我們數到三一起回頭如何？」

「……好啊。我們同時回頭，要是有東西的話就一起戰鬥。這樣可以吧？」

「我知道了，準備好了嗎？」

我吸了一口氣。

同時，身後傳來有東西在土地上踩出「沙」的一聲。

「「一、二、三！」」

在大聲數完的同時，我和賽西莉都頭也不回地向前衝刺。

「惠惠小姐，妳剛才不是這樣說的吧！」

「我才想這麼說！妳好歹也是神職人員吧，請妳留下來讓年紀比妳小的女生先逃走！」

我們一面並肩逃跑一面如此鬥嘴，同時看也不看後面，就往鎮上直奔而去！

「我姑且算是妳的僱主吧！」

「妳又還沒給我錢，而且妳的委託是找人不是保護妳吧！」

就在這個時候。

「兩、兩位……」

我覺得好像有一道微弱又落寞的聲音，對著一溜煙逃跑的我們搭話。

「——太、太過分了……呼……呼……！原本那麼容易上當又可愛的惠惠小姐，到底是怎麼了才會變得這麼世故呢？」

「因為被你們害得慘兮兮的經驗鍛鍊了我啊。」

抵達城鎮入口的我們，上氣不接下氣地趴在地上喘息。

「對了，我覺得剛才在逃跑的時候好像聽見一個女人的聲音……該不會是我們在找的那個大祭司吧？」

聽我這麼說，賽西莉一面用手搧著布滿汗珠的臉，一面表示：

「不，那不是。快要逃出墓園的時候，我回頭迅速瞄了一眼。我看到的，是個臉色像不死怪物一樣蒼白，有著一頭波浪捲長髮的美女，在月光的照耀之下……！」

「我知道了，夠了！我都知道了，所以妳不用再說下去了！」

7

——和賽西莉一起找遍了整個城鎮卻徒勞無功的隔天早上。

似乎在公會一直等到早上的芸芸，趴在桌子上不停啜泣。

「嗚……嗚……可是，我也沒辦法啊……！說不定再過一個小時，看到我白天的表現的人就會回來找我……一想到這種可能性，我就想說再等一下、再等一下，最後就一直待在這裡走不掉了……！」

「就算是這樣好了，連什麼時候該走人都無法判斷，一直待到早上是怎樣，妳這個孩子也不像話了吧！」

當時衝出去找人的冒險者們，最後似乎就沒有回公會，直接解散了。

至於昨天亢奮到不行的賽西莉，今天則是累癱在旅店。

我去叫住在同一間旅店的賽西莉的時候，她說是因為我在世間的驚滔駭浪的考驗之下變得太過世故，害她擔心到晚上睡不著，所以想睡個午覺，就睡回籠覺去了。

就算賽西莉怪到我頭上也沒用，因為我知道她昨天晚上在旅店一樓的酒吧喝到很晚。

阿克西斯教徒真是太自由奔放了。

那些人的字典裡面是不是沒有規範和戒律之類的詞彙啊。

無論如何，既然我都接受委託了，總不能就這樣一直發呆下去。

不過，對付那隻惡魔的方法，目前也只有等那個擁有魔劍的冒險者傷勢痊癒，或是找出傳聞中的那個法力高強的大祭司而已。

……就在我和依然趴在桌上鬧彆扭的芸芸一起不知道該如何是好的時候。

「喔，妳在這種地方幹嘛啊，嘴砲魔道師。妳不去找那個大祭司嗎？」

如此出言挑釁的，是一大早就拿著酒杯的雷克斯。

「哎呀，這不是出討伐任務的時候，在最可靠的魔劍士被幹掉的當下就和嘴砲魔道師一起夾著尾巴逃回來的一流冒險者嗎！我才想問你在幹嘛呢，被惡魔嚇到什麼事都做不來，一大早就在喝悶酒啊？」

「妳、妳妳……！妳這個傢伙小歸小，嘴巴倒是挺不饒人的嘛！」

「喂，你的意思是哪裡小啊，說清楚啊，我洗耳恭聽。要是我不喜歡你的答案就準備出去講吧！」

「等一下啦，惠惠，妳為什麼見面不到一分鐘就要跟人家吵架啊！不好意思，她從昨天開始就有點心浮氣躁……！」

芸芸連忙阻止我們，而雷克斯也皺著眉頭說：

「啊啊，沒關係……彼此彼此，我也有點心浮氣躁，不好意思。沒有啦，都是因為完全找不到那個大祭司的緣故，害我忍不住想找她麻煩。真抱歉。」

就連他們這些一流冒險者也找不到啊。

應該說，冒險者全員出動，在鎮上找了這麼久還是找不到。

也許應該當作那個大祭司已經到別的城鎮去了比較好吧。

「所以說，其實呢，我也不是沒事找妳麻煩的。接下來才要進入正題……是這樣的，關於那隻惡魔，我收到了一個好消息。我不知道妳的實力如何，但是昨天已經見識到旁邊那個小妹妹有多厲害了……如何，妳們要不要參一腳啊？」

說著，雷克斯揚起嘴角對我們笑了笑。

——在遠離城鎮的山地，有人在山麓看見某種怪物。

這好像就是雷克斯的好消息。

「你也差不多該告訴我們了吧？所謂的某種怪物是什麼？」

「嘿嘿，對於菜鳥冒險者而言，是很難對付的怪物喔。妳們要是怕了，想回去也可以，只有我們三個也不是對付不了牠。」

後來，我和芸芸便跟著雷克斯的小隊，前往那處山地。

名叫泰瑞的人手握韁繩，牽著一匹拖著大鐵籠的馬。

「提示是又黑又大的怪物。關於那隻惡魔的情報，是妳們帶回來的對吧？聽說那隻惡魔在找漆黑又巨大的魔獸啊？」

聽蘇菲這麼說，我渾身感到一陣涼意。

看見芸芸聽了也站著不動，從她的臉色判斷，想法大概和我一樣吧。

「不好意思，在我們現在要去的地方傳出目擊情報的怪物，該不會是……」

「喔，妳們好像想通了是吧。沒錯，就是『初學者殺手』。」

我和芸芸立刻向後轉，順著來路走了回去。

初學者殺手。

那種怪物如同名稱所示，對於菜鳥冒險者而言有如天敵。

「唔……喂，紅魔族不是一群使用魔法的專家嗎？我剛才是說妳們要是怕了想回去也可以沒錯，但是也用不著真的走人吧！」

「就因為我們是使用魔法的專家啊！初學者殺手是一種生性狡猾、警覺性高，而且動作又非常快的怪物。因為智商很高，甚至會偷襲冒險者，而且具有先從弱小的敵人開始攻擊的習性，遇見這個傢伙的時候經常是孱弱的魔法師會先被幹掉啊。」

「而且因為牠的動作快，一下子就會攻到身邊來，就算站在後排也無濟於事。更何況，我們又是等級還很低的菜鳥……」

因為這些理由，牠也是魔法師最害怕的怪物。

沒錯，身為魔法師，等級又還很低的我們，對初學者殺手而言根本是最完美的獵物。

「沒問題啦，我們曾經討伐過好幾隻初學者殺手，只是希望妳們可以在活捉初學者殺手的時候幫忙用點魔法而已。我們會好好保護妳們的，放心吧。」

雷克斯是說的很輕鬆，但是這個感覺四肢發達頭腦簡單的人，有辦法擋下狡猾的初學者殺手的奇襲嗎……

「——不好意思。所以，我只要在活捉牠的時候使用睡眠魔法就可以了吧？可是，你們抓住初學者殺手之後要怎麼處理牠啊？」

雷克斯伸出拇指，往後指向馬拖著的那個鋼鐵打造的籠子說：

「那還用說嗎？抓住之後，就關進這個籠子裡帶回鎮上去。那隻惡魔在找漆黑又巨大的魔獸。而在這個時候，又在這種地方傳出了初學者殺手的目擊情報。這下子用不著多想了，惡魔在找的肯定是這個傢伙了吧？牠八成是那隻惡魔的寵物吧？」

也就是說，他們想抓初學者殺手當成誘餌或是交換條件的樣子。

「如果能夠除掉那隻惡魔，或是把牠趕出這個城鎮的森林，公會給的報酬我們就對半分。如何？條件不算太差吧？」

說著，雷克斯露出笑容。

8

名叫初學者殺手的這種怪物，總是潛伏在哥布林或狗頭人這種小怪物聚集的地方附近。

哥布林和狗頭人對菜鳥冒險者而言是非常好賺的怪物。

以哥布林或狗頭人為餌，引誘想輕鬆狩獵的冒險者的，就是初學者殺手。

也就是說，如果想活捉初學者殺手……！

「『Blade Of Wind』——！」

「好啊！不愧是紅魔族，威力真是驚人！好了，大夥兒一起上！」

雷克斯雙手握著大劍高高舉起，衝進哥布林大軍的正中間。

拿著長槍的蘇菲也跟在他後頭，只有舉著戰斧的泰瑞待在我和芸芸身邊保護我們。

說他們是有名的一流小隊似乎並非誇大其辭。

雷克斯他們一下子就驅散了不下數十隻的哥布林大軍，立刻進入警戒狀態。

根據初學者殺手的習性，牠會保護用來引誘冒險者的哥布林大軍。

既然我們像這樣襲擊了這群哥布林，只要附近有初學者殺手……

「在你後面，泰瑞！」

在雷克斯大喊的同時，我們背後的草叢開始劇烈搖晃，一個黑色的物體緊接著就從裡面跳了出來！

那個物體直線撲向芸芸，卻被及時衝上前去的泰瑞給擋了下來。

「吼嚕嚕嚕嚕嚕！」

「放、放馬過來啊——！」

就在泰瑞與初學者殺手對峙，爭取時間的時候，芸芸迅速詠唱魔法……！

「『Sleep』！」
她將魔杖往初學者殺手一指，黑色的巨獸便無從抵抗，癱倒在地。
「「「喔喔喔！」」」
輕鬆抓到目標，讓雷克斯他們放聲歡呼。
他們趁勢圍住動也不動的初學者殺手，接連表示：
「妳叫芸芸對吧！妳真的很厲害耶！如何，要不要乾脆加入我們的小隊啊？」
「對啊對啊，法力如此高強的魔法師可沒幾個呢。如何？還有我在，所以這個小隊也不是只有男生，待起來應該還算自在吧？」
「我們畢竟是只有前鋒職業的無腦肌肉小隊，如果有魔法師願意加入，那可是一大助力呢！」
「咦咦！我、我嗎？」
被他們口口聲聲這樣誇獎，芸芸紅著臉，不知所措了起來。
原本明明那麼期待有人邀她入隊，到了真正有人邀約的時候，卻陷入恐慌了。
芸芸看著我，一臉想要我救她的樣子，不過在某種意義上這也是一種修練。
我還是就這樣放著她不管好了。
「沒關係，組隊的問題等回到鎮上再慢慢談，現在得先搬運這個傢伙才行。」

「也對。關進籠子裡，再放到城鎮外面的話，惡魔應該會主動來找我們談判吧？既然是上位惡魔，智商想必很高，應該能夠對談才對。惠惠也和那隻惡魔對話過不是嗎？」

「是啊，沒錯。該怎麼說呢，現在回想起來，那隻惡魔好像太友善了點。不過……」

成功抓到初學者殺手了。

再來就是回鎮上等待惡魔上鉤。

「怎麼了？有什麼事讓妳那麼掛心嗎？是說……之前討伐惡魔的時候也好，這次也罷，妳還真的是個嘴砲魔道師呢。妳兩次都沒幫上任何忙不是嗎？」

雷克斯帶著不懷好意的笑容如此調侃我。

這害得我的腦血管差點瞬間爆裂，不過脾氣暴躁愛吵架是我的壞毛病。

現在更重要的，是我掛心的事情。

對方是上位惡魔，就算牠到處在找的寵物在我們手上好了，事情真的會那麼順利嗎？

……應該說，我一直覺得不太對勁。

說不定黑色的魔獸不是指初學者殺手，而是……

「無論如何，總之我們先回鎮上，慶祝成功抓到這個傢伙吧……」

也不知道我在擔心什麼，雷克斯繼續說了下去，而就在這個時候——

「找到了——————！」

一道大喊的聲音在附近迴響，蓋過了雷克斯的話語。

9

那聲大喊，讓我瞬間無法理解發生了什麼事情。

就在所有人都停止動作之後，那個東西突然出現了。

「你們這些傢伙！是對沃芭克大人做了什麼，混帳——————！」

帶著光澤感，漆黑而巨大的身軀。

原本完好的一對蝙蝠翅膀，現在只剩下一邊了。

給人不祥的感覺，令人印象深刻的尖角與獠牙。

事到如今已經不可能看錯了，牠就是那個時候的上位惡魔。

在森林裡遇見的那隻惡魔怒形於色地朝我們這邊衝了過來！

「啥！等、等等，我們這邊有這隻初學者殺手咕喝——！」

「啊嗚——!」

「——!」

面對突然從山腳下的森林裡現身的惡魔，圍著初學者殺手的三人連武器都來不及拔就被打飛了。

應該說，看在不擅長接近戰的我眼裡，就連他們三個在那一瞬間被怎麼了都不知道。

遭到攻擊的三人各自倒在遠離原位的地方，一點要動的跡象也沒有。

惡魔立刻蹲到初學者殺手身邊。

「沃芭克大人！您醒醒啊，沃芭克大人！」

並拚命呼喊著這個好像在那裡聽過的名字。

奇怪……沃芭克？

「惠、惠惠，這應該算是一大危機吧？怎麼辦，不知道牠願不願意就這樣放過我們……？」

在我就快要想起是什麼東西的名字時，發抖的芸芸拉了拉我的衣袖。

「噓，繼續這樣觀察情況，別露出破綻，一點一點遠離牠。」

我這麼告訴她之後，便一小步一小步拉開距離，遠離依然對著初學者殺手呼喊的惡魔。

這時，原本拚命大喊的惡魔歪著頭愣了一下。

外型明明那麼凶狠，做起這種動作卻莫名逗趣。

「喂……喂喂喂，這個傢伙只是普通的初學者殺手嘛。這到底是怎麼回事？」

惡魔一面喃喃自語一面站了起來，以牠那有如玻璃珠或無機物一般的眼睛看了過來。

「「！」」

在和牠四目對望的同時，我感覺到前所未有的恐懼。

這個傢伙很不妙，真的非常不妙。

只看了一眼我就明白了。

牠的位階比我之前對付過的上位惡魔厄妮絲還要高。

這時，我忽然想起來了。

「喂，妳們兩個。這到底是怎麼回事？我是因為聞到令我懷念的沃芭克大人的味道才來到這裡的……真是的，遠遠看來，我還以為這個傢伙是沃芭克大人呢。」

沃芭克是厄妮絲提過好幾次的那個名字……

「吶，妳們身上有沃芭克大人的味道是怎樣？妳們和沃芭克大人有什麼關係？」

面對一點一點退後的我們，惡魔雙手抱胸，開始沉思。

……錯不了。

這個惡魔想要的是我的使魔點仔。

不愧是本小姐的使魔，但現在不是高興的時候。

現在必須設法突破這個狀況才行……！

所以，我拿著法杖準備偷偷開始詠唱魔法，但就在這個時候。

惡魔發揮出與巨大的身體不相稱的速度，一口氣拉近距離。

「……嗯——感覺妳身上的味道特別強烈啊。而且味道還很新，差不多是今天早上沾到的味道。」

說著，牠聞起我的衣服。

牠把凶悍的臉孔湊得這麼近，害我不禁想逃跑。

但是，都已經被牠靠到這麼近了，我想抵抗也沒有辦法。

當牠在我身上到處聞來聞去的時候，我想起點仔今天早上一直黏在我身上。

回到旅店之後，我一定要掐死那顆毛球。

「喂，妳說句話啊！是說，妳之前也和本大爺見過面對吧。本大爺之前在森林裡遇見的紅魔族就是妳吧？」

聽惡魔這麼說，我說不出話來，連忙用力點了點頭。

看見我的反應，惡魔也滿意地點了幾下頭。

「這樣啊……封印的所在地是紅魔之里，然後妳們兩個是紅魔族。嘿，連起來了。終於連起來了！」

我不知道牠在說什麼東西連起來了，但是牠把那麼可怕的臉湊過來害我都快哭出來了，真希望牠可以不要這樣。

應該說，隔壁的芸芸眼淚都已經快要掉下來了。

「喂！如果妳是紅魔族的話，應該知道沃芭克大人的下落吧？我可不准妳說不知道喔，妳今天早上應該剛見過沃芭克大人才對。」

殺氣騰騰的惡魔終於讓我感覺到生命危險，於是我開了口：

「你、你們動不動開口就是沃芭克、沃芭克的，為什麼要用那個奇怪的名字稱呼我們家的點仔啊？你們一定是認錯貓了，不然這樣好了，我另外找一隻可愛的黑貓給你，請不要再覬覦我們家的點仔了！」

「點、點仔？點仔是哪門子的名字啊……不，等一下，我好像在那裡聽過這個名字。到底是在那裡聽過的？……對了，好像是那個小鬼……！」

那個小鬼是在說誰啊？

就在我和芸芸都不敢亂動時，惡魔像是想壓抑某種內心糾葛似的不停搖頭，嘆了口氣。

「可以的話，我真不想和妳們紅魔族對壘……搞不好那個小鬼又會對我發飆……好了，妳們聽清楚。我要的是沃芭克大人，把沃芭克大人帶來。如果妳們不知道沃芭克大人是誰，就把今天早上碰過的傢伙全都帶過來。聽好了，這是交易。把沃芭克大人交給我，我就不會加害妳們。當然，也不會加害妳們住的那個城鎮。」

「你、你這是要我們相信惡魔說的話嗎！」

原本一直很害怕的芸芸，知道對方要的是點仔之後，便用力握住魔杖。

「別那麼衝動。我們惡魔只要締結了契約，就不會毀約。這是身為惡魔的不變定律，也是規範。而且，本大爺自認在對待妳們的時候，態度極為友善喔。雖然我稍微教訓了一下那個拿著怪異魔劍的老兄就是了。不過我也沒辦法，那位老兄在我們的陣營可是懸賞對象。」

我伸手制止了隨時有可能詠唱魔法的芸芸。

「懸賞？那位在這個城鎮相當出名的魔劍士，在惡魔陣營是懸賞對象嗎？」

惡魔回答了我的疑問。

「對了，我還沒有好好自我介紹是吧。本大爺名叫霍斯特。是邪神沃芭克大人的左右手，上位惡魔霍斯特。甚至能夠消滅諸神的魔劍士，走到哪裡都會被當成危險分子啦。」

10

拉著馬韁的芸芸開口道：

「吶，妳要和那隻惡魔進行交易嗎？」

「……我還不知道。但把那顆毛球給牠就可以解決這個問題的話，或許也還不賴吧。」

畢竟，對方可不是普通的上位惡魔，而是和邪神關係密切的角色。

要是打算和牠硬碰硬，我們一定也會和那個魔劍士一樣遭逢不測吧。

聽了我的回答之後，芸芸一直默默不語。

我們讓雷克斯他們躺在馬車的籠子裡面。

因為只靠我們實在沒辦法把他們搬回鎮上去，只好用籠子當成馬車的貨車。

他們還沒醒來。

一流冒險者隊伍瞬間就被幹掉了，毫無抵抗能力。

交易內容是只要將點仔交出去，牠就不會加害我們和城鎮。

也就是說，只要和牠交易，不只我們得救，鎮上的無辜人們也不至於受害。

不同於紅魔之里和阿爾坎雷堤亞的時候，這次無法冀望有人會這麼剛好跑來救我們。

既然連雷克斯他們都被打倒了，在阿克塞爾能夠對抗那隻惡魔的人，已經——

馬拖著裝了輪子的籠子，一路喀啦作響。

我們就快要經過城門了。

一臉想不開的芸芸說：

「惠惠，還是別理會那種惡魔所說的話吧。對方可是惡魔，也不知道牠會不會遵守約定。而且，儘管都是菜鳥，這個城鎮還是有很多貨真價實的冒險者。所以……」

總是寧可自己吃虧也要幫助別人，擁有強烈正義感的濫好人芸芸，難得說出這種話來。

或許，她也累積了各式各樣的經驗，有所成長了吧。

先不管成長的方向對不對。

芸芸似乎稍微學會了一點處世之道，但我總覺得她將來好像會交到壞朋友，讓我有點擔心……

我沒有對芸芸的發言表示任何意見。通過了大門時，我往旁邊一看。

只見我經常見到的那兩個人，今天一樣開心地揮著十字鎬。

要是我逃走了，在城鎮正門旁邊工作，看起來不太可靠卻又每天開心過著和平生活的他們，肯定會首先遭到波及吧。

——想到這裡，我握著法杖的手，自然多用了幾分力氣。

幕間劇場【參幕】

覺醒的孤僻少女

不久之前，終於連被阿克西斯教徒拒絕入教這種異常事態都發生了。

如果是之前的我，想必免不了感到挫敗，但是，在已經完全變成我的固定位置的，冒險者公會的這個角落……

「……也就是說，我不應該一步登天，打算直接解決問題，而是找出原因，然後一一排除，這樣才是捷徑，對嗎？」

「就是這麼回事，我的徒弟。俗話說欲速則不達，慢慢處理，反而能輕鬆解決事情。」

我聽著自己拜為老師的先生為我授課。

「可是老師，我也不知道原因究竟是什麼……」

我沮喪地如此表示，老師便露出和藹的笑容說：

「包在我身上，老師和妳一起想。放心吧，問題一定可以順利解決……說太多話了，我好渴喔，可以點杯啤酒嗎？」

「請隨意！」

老師立刻點了啤酒，津津有味地一口氣乾杯。

「……噗哈——！對了，剛才在聊什麼來著？啊啊，對了對了，聊到妳找不到隊友是吧？」

「就是這樣，我不敢主動找陌生人搭話……該怎麼做才能像老師那樣，平易近人地跟任何人攀談呢？」

老師在公會裡面也是以朋友很多而出名的人。

「這個嘛，是能像這樣借酒壯膽啦。酒是好東西。酒能夠滋潤人生，懂嗎，我的徒弟？我可以再點一杯嗎？」

「請隨意！不過老師，我應該還不到喝酒的年紀吧……有沒有什麼別的好方法呢？」

老師點了今天的不知道第幾杯啤酒之後喝了一大口，然後喘了口氣。

「別的方法啊！好啊好啊，妳等我一下，我覺得喝光這杯就可以想出好主意了。」

「老師，那就再喝一杯吧！」

——一個小時後。

「——我已經喝不下了……」

「老師，差不多可以告訴我了吧，老師！我要怎樣才能交到朋友，找到隊友！」

我用力搖晃醉得像灘爛泥的老師，他便趴在桌子上說：

「這種事情大叔我也不知道啊……對了！小妹妹，妳的發育好像很好，不如穿上胸口開得更低的衣服，靠姿色……」

說到這裡，一臉賊笑的老師抬起頭，卻抖了一下。

「別別別別、別這樣啦，大叔只是開個玩笑嘛！大叔只是覺得妳一直乖乖聽我說話，所以想測試一下妳有沒有認真在聽……！當然，說什麼妳請我喝酒，我就幫妳上課也是開玩笑的！我的分我當然會自己出，小妹妹的分我也會幫妳出啦！」

「這種事情不重要啦！」

「噫——！對、對不起！我沒想到妳會氣到眼睛變成那樣紅通通的！不好意思，是我太超過了！」

我用力拍了一下桌子，老師便嚇得這麼說。

但是，我想聽的不是這個！

「出不出錢不重要啦！更重要的是，老師，快教我該怎麼樣才能交到朋友，找到隊友！求求你，我真的很傷腦筋，求求你！」

「妳妳妳、妳問我……妳問我這種事情我也不知道啊！」

我的眼睛現在恐怕因為激動的情緒而變得火紅，但是我管不了這麼多。

好不容易找到可以商量事情的人，我絕對不會讓他跑掉！

「這、這個嘛……在公布欄上……」

「公布欄？」

老師顯得極度畏懼，輕聲說道：

「在公布欄上，貼、貼公告說妳願意支付交友費，請當妳的朋友……之類的……我、我是……我是開玩笑的，我會認真想的！不好意思！」

我在老師說完之前突然一把抓住他的衣領，讓老師嚇到聲音分岔，眼淚也快掉下來了。

「謝謝老師，真是個好主意！我會試試看的！」

「咦！」

提供我一個了不起的好辦法的老師，不知為何卻驚叫出聲。

第四章
阿克塞爾的爆裂女孩

1

雷克斯他們雖然遭到霍斯特襲擊，所幸傷勢不太嚴重。

將他們帶到艾莉絲教會之後，我們往冒險者公會走去。

——好了。

「惠惠，妳聽我說。惡魔這種生物非常惡毒而且狡猾，是這個世界上最不應該相信的對象。妳應該也聽說過吧？用靈魂交換三個願望的那個有名的規則！有好幾個魔法師都沒能真正實現願望，只有靈魂被拿走！」

我的心意已決。

「和那種生物約定的事情絕對不可靠。要是把點仔交給牠，肯定在那個當下就立刻翻臉不認帳……！」

接下來要決定的，只剩下從剛才開始就一直對我說教的，這個……

「惠惠這種小角色，對惡魔而言只是待宰的肥羊！要是那個惡魔說出『讓我賜予妳黑暗之力吧……』之類，妳大概三兩下就會被拐走了吧！」

這個大放厥詞，分明感覺比我還要好騙的女孩該怎麼處置了！
我猛然回過頭，對著跟在我身後的芸芸說：
「稍微對妳好一點就會隨便跟陌生人走的芸芸沒資格說我啦！妳從剛才開始就一直亂放話是怎樣，我可是紅魔之里第一名畢業的耶！輪不到妳這個永遠第二名的孤單妹現在才告訴我，這種事情我當然早就知道了啦！」
「永、永遠第二名的孤單妹！」
我好不容易把淚眼汪汪地掐住我的脖子的芸芸甩開，向前伸出手示意要她冷靜。
「等、等一下，妳從剛才就一直對我有個很大的誤會！說妳是孤單妹確實是有點過分，我知道來到這個城鎮之後，妳好像交了不少朋友，像是莫名其妙的大叔、大白天就開始找女生搭訕的大哥哥等等。還是讓妳升級為永遠第二名的好騙妹好了。」
「……算了，還是孤單妹比較好……」
想起自己的境遇，芸芸雙手掩面，哭哭啼啼了起來。
「好了啦，我們稍微溝通一下吧。還有，總有一天要好好處理妳的交友關係。再這樣放著妳不管，妳可能真的會交到壞朋友。」
說著，我帶著依然在吸鼻子的芸芸，打開了冒險者公會的門。

「——事情就是這樣，雷克斯他們的小隊也被那隻惡魔幹掉了。」

「「「怎麼辦啦————！」」」

在公會的職員們因為聽了我們的報告而起的激烈慘叫聲之中，我拉著芸芸來到最裡面的座位區。

「好了。如妳所見，公會已經是沒辦法依靠的狀態了。我們先整理一下現狀吧。」

我和芸芸兩個人，在最角落的桌子開起作戰會議。

「現狀啊……這個城鎮戰力最強的兩支冒險者團隊都被幹掉了，最值得依賴的大祭司也找不到。又因為魔王軍幹部之一的無頭騎士活絡地四處行動，為了保持戒備，國家和其他城鎮都無法派援軍過來。然後，那隻惡魔……叫作霍斯特是吧？這麼說來，牠好像沒規定交易的回覆期限呢。不過我不覺得牠有那個耐心一直等下去就是了。」

芸芸一臉沉痛地這麼說。

既然無法期待來自其他城鎮的援軍，即使繼續維持現狀、置之不理，狀況也不會好轉。

然後，最可靠的大祭司還是找不到。

既然如此……

「既然如此，就只剩下把點仔交出去這個方法了……不過，唯有這個方法我絕對反對！

我也已經對這個孩子有感情了，事到如今我也不願意輕易放棄牠！」

說著，芸芸抓起在桌子上磨蹭的點仔，突然義憤填膺了起來。我歪過頭對這樣的她說：

「……看來，妳果然從剛才開始就一直誤會我了。我從來沒說過要答應牠的交易啊。」

「咦？可、可是在回城鎮的路上，妳好像一直都很煩惱……等等，妳該不會是要……」

「本小姐怎麼可能因為受人威脅就對對方言聽計從啊。有人想打架，紅魔族必定奉陪。我已經下定決心了。不過……是要打倒那隻惡魔的決心！」

「以有名的魔劍士為首，連雷克斯先生他們那樣的一流冒險者小隊也是三兩下就被幹掉了耶！而且，第一次見到那個傢伙的時候，妳明明就那麼害怕！惠惠好歹也還沒跨過天才和笨蛋之間的那條界線，應該知道自己和對手的實力差多少吧？」

「妳幹嘛每句話都帶刺啊！的確，光是對峙一下我就知道那隻惡魔有多強了。牠應該是位階比厄妮絲還要高的惡魔吧。不過，我有消滅那隻惡魔的手段。應該說，既然找不到傳聞中的那個大祭司，在這個城鎮能夠對抗那個傢伙的，也只剩下我一個人了吧。」

聽我這麼說，芸芸緊握拳頭，默不作聲。

然後，她用力捶了一下桌子，站了起來……！

「隨……隨便妳愛怎樣就怎樣啦！笨蛋惠……唔呃！」

原本打算直接跑走的芸芸，被我拉住披風的下襬，整個人往後仰倒。

芸芸連忙轉過頭來，眼中噙淚，一臉困惑地猛咳嗽，而我笑容滿面地對這樣的她說：

「……我們是朋友吧？」

「是要我幫忙嗎！妳這是要我幫忙吧！我們不是朋友，是競爭對手！不要以為妳搬出朋友兩個字我就會答應妳任何事情！可是，聽了有那麼一點高興的自己更教我不甘心啊！」

2

帶著依然一臉氣呼呼的芸芸，我們來到某個地方。

「我也不是笨蛋。再怎麼樣，我也沒打算要正面挑戰那樣的對手。所以說，我們先從籌備行動資金開始做起吧。」

「……行動資金？可是，這裡不是我們過夜的……」

沒錯，就是那間旅店。

「我要做的事有點危險，所以芸芸不要再跟過來了，隨便找個地方打發一下時間吧。」

「……？好是好，但是有點危險是怎麼回事……等等，惠、惠惠，妳說要籌備行動資金，到底是想怎麼做……！」

「妳可以不要問的話我會比較開心。那麼，我去去就來！」
「等、等一下！妳該不會是真的要賣身……！」
聽著芸芸的聲音從背後傳來，我走上旅店的樓梯，前往某個房間。
然後，我在房門前面站定，做了一次深呼吸。
下定決心之後，我敲了兩下門，裡面便傳出一道熟悉的聲音。
「請進——」
打開門之後，我看見的是趴在床上，不知道在吃零食還是什麼的賽西莉。
我在走進房間的同時，雙手互握，擺出祈禱的姿勢強烈表示：
「賽西莉姊姊，給我零用錢！」
「妳想要多少都儘管跟姊姊說吧！妳想買什麼？房子？妳想買和姊姊一起住的愛巢嗎？沒問題，姊姊這就用超凡的魅力去騙個有錢的冒險者回來！」
我連忙阻止了準備衝出去的賽西莉。
「不至於買房子那麼誇張啦！不是那樣，我只是想打倒那隻惡魔，因此想要行動資金。我記得妳說過，只要打倒那隻惡魔，就會給我一千萬艾莉絲吧？一點點也好，能不能先讓我預支一筆錢啊？」

「我是說過那種話沒錯。可是，雖然是我拜託妳的，不過妳還是別這麼做比較好喔。我得到了那隻惡魔的補充情報……就在剛才，在這個城鎮數一數二的一流小隊也遭到牠襲擊，被送進艾莉絲教會了。」

賽西莉煩惱地這麼說。

「我才剛去公會報告而已，就已經傳進大姊姊的耳中啦。由此可見，鎮上的人們對這件事是感到多麼不安……」

「不是啦，是我剛才去艾莉絲教會丟石頭，發現他們在治療重傷的傷患。所以我就開始使性子，叫他們告訴我發生什麼事情否則就不走，於是他們就詳細說明一切了……等一下，妳這樣表達愛意，就算是姊姊我也覺得很難受喔！」

「夠了，大姊姊就乖乖待在這裡好嗎！請妳不要再把情況變得更複雜了！」

「咳咳……真是的，這就是所謂的傲嬌嗎？不過我並不討厭這樣就是了！」

安撫了勒住她脖子的我之後，淚眼汪汪的賽西莉交給我一樣東西。

「妳說誰傲嬌啊，給我差不多……這是什麼？」

她交給我的，是一個沉甸甸的袋子。

「一千萬艾莉絲。」

「咦！」

聽她輕描淡寫地這麼說，我愣了一下，看著手中的袋子。

「可、可以嗎？隨隨便便就這樣交給我！妳沒想過我有可能拿了這袋錢就逃走嗎？」

聽了我這番話，賽西莉說：

「我好歹也是神職人員喔，對於看人的眼光，我還有點自信啦。」

——並露出了柔和的微笑。

「可、可是，妳沒想過我可能會輸嗎？應該說，妳沒頭沒腦的是怎麼了？妳的態度突然變成這樣，我也不知道該做何反應……！」

接著就緊緊抱住我。

「放心吧。阿克西斯教的祭司——我賽西莉向妳保證。妳一定會贏的。沒錯，這個可愛又可靠的惠惠小姐，怎麼可能輸給惡魔那種貨色呢？」

「大、大姊姊……」

怎麼辦。我不禁眼眶一濕。

其實，要和那種上位惡魔戰鬥我也很不安。

在這種時候，這個平常那麼不正經的人，竟然出其不意對我說出這種溫柔話語……

「好了，妳打開看看吧。記得要好好善用喔！」

我強忍從眼中湧現的那股熱流，打開了沉重的袋子……

好了，妳打開看看吧。
記得要好好善用喔！
……
ゴソッ…

……
噗——！
討厭啦，惠惠小姐真是的，居然就這樣淚眼汪汪地僵在那邊……！
哎呀，真是太可愛了啦！
槓龜

——裡面裝的不是金幣，而是大量石頭，還有一張寫著「槓龜」的紙片。

「噗——！討厭啦，惠惠小姐真是的，居然就這樣淚眼汪汪地僵在那邊，真是太可愛了啦！啊哈哈哈！噗哈哈哈！真是的，妳怎麼會這麼可愛啊！太可惜了！那些是……啊啊啊！是姊姊不好！我這個玩笑開過頭了我道歉就是了不要拿石頭丟我啦求求妳！」

3

走下樓梯之後，我看見芸芸在樓下一副靜不下來的樣子，像熊一樣來回踱步。

「妳在幹嘛啊，芸芸？我不是叫妳找個地方打發時間嗎？」

「惠惠！可、可是，誰教妳留下那種引人遐想的台詞就跑進旅店了，害我好擔心……等一下，為什麼妳臉上有淚痕啊！」

被芸芸這麼一說，我連忙擦了擦眼周。

「這、這是……！沒什麼，我沒怎樣啦！」

「惠惠的個性這麼強悍，到底要怎樣才能弄哭妳啊！發生什麼事了？還有，妳所說的行動資金拿到了嗎？」

芸芸雙手揪住我的領口，猛力搖晃。

「這裡有一千萬艾莉絲……」

「妳到底是做了什麼事情才能賺到一千萬這樣大筆的鉅款啊！」

就在不知為何濕了眼眶的芸芸近乎尖叫地如此大喊的時候——

『拜託妳住手，冷靜一下——！我是因為信任惠惠小姐才會設計這種小把戲！我覺得惠惠小姐一定會解決這件事！所以想在把謝禮交給妳的時候捉弄妳一下，才特地準備了這種東西而已……啊啊啊啊住手住手不用那麼生氣吧——！』

我回想起賽西莉剛才對我說的這番話——

「……我不想說。」

「惠惠……惠惠被玷汙了————！」

知道芸芸又有了奇怪的誤會，但我一點也不打算說明什麼，有氣無力地走出旅店。

「——惠惠。既然事情已經發生，也只能算了。而且妳這次需要錢是為了打倒威脅城鎮的惡魔，這個理由非常偉大。所以，無論是用什麼方法籌到錢，妳都不需要以之為恥，我也

不會輕蔑妳。」

…………

「嗯，最難過的是惠惠本人才對。畢竟，連個性那麼強悍的惠惠都哭了，這種事情……這種事情……嗚嗚……」

「講夠了沒啊，真是煩死了！真是的，每次一有什麼事情就這樣，妳的想像力未免也豐富過頭了吧！我才沒有賣身呢，只是找上一個對我有好感的人，用了有點羞恥的言詞，還讓她緊緊抱住我而已！」

「口出羞恥的言詞還讓對方緊緊抱住妳！光、光是這樣也已經遊走在尺度邊緣了，不過真的只有這樣嗎？因為這種程度的事情就會弄哭惠惠嗎？」

芸芸這麼一說，我稍微沉思了一下。

「然後……因為對方意外地對我很溫柔，氣氛又很好，害我有點上了她的當……關於這個部分的細節我就不想多說了，會讓我覺得自己很丟臉。」

「我就知道！」

……還是別管她好了。

「先別管我了，好不容易才拿到這麼一筆行動資金，我們可得有效利用，以便在戰鬥中取得優勢。我還有地方要去，所以請芸芸拿著這筆錢到魔道具店去。然後，看到什麼感覺派

得上用場的道具就全都買回來。除此之外，要是妳覺得有什麼能夠讓我們在戰鬥中取得優勢的事情，也可以用這筆錢去做，隨妳高興。還有……幫我買一個黑貓布偶回來。」

說著，我將裝滿金幣的袋子交給她。

「咦？就算妳這麼說，突然給我這麼一大筆錢……！」

然後，我就把剩下的事情都交給困惑的芸芸去辦──

4

「拜託你們，要是拿到了獎金，可以全部給你們！」

「別、別強人所難啦，是那隻惡魔耶！連魔劍男和雷克斯他們的小隊都被幹掉了，對我們來說負擔太大了吧！」

再次回到冒險者公會的我，到處跟冒險者們搭話。

「啊，你們是……！……我忘記你們的名字了，不過我們之前曾經一起組隊過對吧！既然如此，你們應該很清楚我的實力才對。如何，要不要和我一起打倒惡魔？」

「至少記住我們的名字好嗎！不、不對，就是因為和妳一起組隊過，我就更不想這麼做

了，感覺連我們也會被妳的魔法波及……」

「對、對啊對啊。而且以妳的狀況來說，要是魔法沒有命中就無計可施了不是嗎？我可不想參與這麼危險的賭局。」

可、可惡……

「啊，你們幾位！你們需不需要優秀的魔法師啊？是紅魔族喔！我一定可以派上用場的，不過交換條件是……」

「不行不行，我們對付不了惡魔啦！而且，我們還是只有下級職業的休閒小隊。就算有紅魔族的大法師加入，也只是破壞平衡啦。」

我拋開自尊心，一個個去拜託所有冒險者，但是我的負面評價還有那隻惡魔的強大程度都已經傳了開來，沒有半個人答應我的邀請。

我原本的計畫是要芸芸去買些能夠絆住敵人的魔道具，然後僱用冒險者保護我們。之後，如果能在絆住霍斯特的時候打倒牠當然是最好，如果打不倒的話就請我僱用的冒險者爭取時間，設法拉開距離再一擊必殺。

我原本以為這樣就有辦法解決問題，看來是我太天真了。

而就在這個時候……

「不好意思——」

有一道聽起來戰戰兢兢的聲音，從背後叫住了我。

「妳是經常和那個叫芸芸的女孩在一起的人對吧？我們雖然不是什麼了不起的戰力，不過妳不嫌棄的話——」

我聽見這道聲音，連忙轉過頭去……！

「實力沒有關係，只要你願意協助我……等等，是你們喔！我需要的是冒險者，這對一般民眾來說太危險了，麻煩讓開！還有，請你們不要再接近芸芸了！」

出現在我眼前的，是在芸芸一有空就會過去找她搭話，大白天就開始喝得醉醺醺的閒人大叔和愛搭訕的年輕人。

正當我噓了幾聲把他們趕走時，公會內吵鬧了起來。

……是怎麼了嗎？

我不經意向附近的人問道：

「不好意思，到底發生了什麼事情？」

「嗄？沒有啦，我們剛才在聊那隻惡魔，結果有幾個奇怪的傢伙鬥志高昂地說要去除掉牠。明明只有兩個人，卻已經衝出門去……嗚哇！妳、妳幹嘛啊！」

回過神來，我已經揪住那個人的衣領了。

「那些人呢！那兩個是怎樣的人？」

「一、一個應該是十字騎士吧？另外一個大概是盜賊……那兩個傢伙都嚷嚷著『惡魔必殺！』啦，或是『竟然有惡魔敢大搖大擺地來到這個城鎮，我要宰了牠！』之類的危險發言，同時衝了出去。」

要是我再早一步來到這裡，就可以邀到那兩個人了……！

不，意外的那兩個人可以除掉那隻惡魔然後歸來也說不定。

「不過，到頭來還是找不到人啊。這下真是傷腦筋了……」

5

「妳那邊的事情辦得怎麼樣了？有沒有什麼派得上用場的魔道具？」

「我去了好幾間魔道具店呢。然後，也買了一些店裡最推薦的強力魔道具，不過……」

說著，芸芸遞出來的，是好幾個眼熟的魔道具。

「……每一個都是紅魔之里製造的呢。」

「……畢竟我們的村里製造的魔道具可是名牌貨呢……」

在故鄉可以用便宜的價格輕鬆買到的魔道具，卻得在這裡付出公定價來購買是讓我不太能夠釋懷，不過既然是村里的大家製作出來的道具，品質方面就可以放心了。

「話說回來，惠惠上哪去了？妳是去準備戰鬥對吧？」

聽芸芸這麼說，我別開視線。

「我本來想去多找一些人手……不過，我最近的響亮名聲適得其反，沒有半個人願意響應我的號召……」

「那是因為妳素行不良吧！沒有人願意協助我們是吧！那要怎麼辦啊，我們魔法師要是沒有前鋒擋著，馬上就會被拉近距離秒殺掉耶！」

我像是要逃避現實似的，抱起黏在我腳邊的點仔說：

「妳以為本小姐是誰啊？沒錯，我是紅魔族第一的魔法師，擅使爆裂魔法！那種惡魔我在被拉近距離之前就可以一擊解決掉……啊！芸芸，妳立大功了！這不是封有隱身魔法的卷軸(scroll)嗎，有這個就可以輕鬆打贏牠了啦！」

「我姑且是買下來備用了，不過有沒有效還不知道喔。對手可是高位惡魔，天曉得牠多快就可以識破折射光線的隱身魔法……」

芸芸越說越心虛，但這總比什麼計畫都沒有要來得強多了。

我接過卷軸，小心翼翼地收進懷裡。

「還有，這是妳叫我買的黑貓布偶。雖然我不知道妳要拿這種東西來做什麼……」

我將她最後交給我的布偶默默綁在我抱在手中的點仔身上。

「妳幹嘛啊？」

「像這樣綁在點仔身上一陣子，牠的氣味就會留在布偶上。然後，我們就把這個放在感覺就不會有人來的平原正中央，再使用隱身卷軸藏匿蹤跡，並趁著惡魔傻傻被布偶釣過來的時候轟過去。」

「會、會這麼順利嗎……吶，現在行動也不算晚。我們還是直接逃到別的城鎮去……」

……過去明明是那麼濫好人的芸芸，沒想到才經過不到一年的時間，竟然會說出這麼冷淡的話。

在我不知道的時候，這個孩子在某種層面上也有所成長了吧。

成長的方向正不正確就先另當別論。

我把和布偶化為一體的點仔，湊到一臉不安的芸芸面前說：

「我就順利執行給妳看。對這顆一點都不客氣的毛球已經產生感情的，並不是只有芸芸一個人喔。」

而且——

「儘管組隊的時間很短，這個城鎮還是有和我一起冒險過的人們。這次事件的主因是我和這顆毛球，所以我當然要好好做個了斷！」

如此宣言之後，我轉身前往旅店時，聽見芸芸傻眼的聲音從我背後傳來。

「真是的。妳還是一樣魯莽、倔強又愛逞強耶。」

「吵死了。妳還不是一樣，依然是個愛搓湯圓的膽小鬼。」

我沒有轉頭就直接回嘴，接著就聽見吞回一口氣的聲音。

然後……

「……可是，既個人主義又冷淡的部分，在這一年倒是改了不少呢。」

芸芸又喃喃說了些什麼的樣子。

6

在旅店吃完晚餐，回到自己的房間後，我忽然想到一件事，便跑去敲了賽西莉的房門。

「大姊姊，妳在嗎？」

「嗯嗯——？惠惠小姐？門沒鎖，請進——」

我打開門，只見顯出疲態的賽西莉癱在床上。

「妳看起來好像很累的樣子耶？後來又跑去哪裡玩了嗎？」

「沒禮貌。在努力的惠惠小姐的觸發之下，大姊姊也難得的認真工作了喔！」

是喔……

「可以順便問一下妳去做了什麼嗎？」

「是這樣的，我又去了艾莉絲教會……」

「夠了。」

是我不該笨到問這個問題。

「等一下！大姊姊今天真的很努力喔！雖然我只會用簡單的恢復魔法，但是反過來說，唯有這件事我很有自信！所以……」

「夠了，妳不用再說了。反正就是去艾莉絲教會前面等人送傷患過去，然後插隊搶走他們的客人或是怎樣的吧？」

「惠惠小姐太過分了！這種事情……！這種事情…………哎呀？這好像是個不錯的計畫呢，我得趕緊寫下來才行。」

「那種事情晚點再做啦。是說，我是有事情想請大姊姊幫忙。」

在賽西莉連忙拿出紙筆的時候，我將黑貓布偶從點仔身上解開，然後把點仔交給她。

「我想請妳暫時幫我照顧這孩子。」

「……可以是可以，不過這孩子是襯托惠惠小姐可愛特徵的裝飾小物吧？給我好嗎？」

「才不是裝飾小物，是使魔。因為明天可能會是一場激戰，保險起見我想請妳幫忙。」

說著，我就將點仔放到賽西莉正在躺的床上。

或許是難得聞到陌生人的味道，在賽西莉摸著牠的頭的時候，點仔不斷抽動著鼻子。

「如果是這樣，就儘管包在大姊姊身上吧。在幫妳照顧這個孩子的這段時間，我來教牠一些才藝好了。比方說，會噴火的貓妳覺得如何？」

「別、別這樣，不可以教牠奇怪的事情喔！那麼，大姊姊……」

「我不就是要妳叫我賽西莉姊姊嗎！」

「……賽、賽西莉小姐，這個孩子就拜託妳照顧了。」

我稍微讓了步，賽西莉似乎也姑且接受了。

看著賽西莉在床上開始逗弄起點仔，我便離開了她的房間。

「——咦！惠惠，妳在那種地方做什麼？」

我從賽西莉的房間出來的時候，正好撞見不知道想上哪去的芸芸。

「我認識的人住在這裡。而且芸芸才是，都已經是這種時間了，妳想上哪去啊？」

我這麼一問，芸芸便開始出現可疑的舉動，手足無措，視線還飄忽了起來。

「這、這個嘛，我們也已經當上冒險者了，所以我想說晚上去酒吧看看好像也不錯。」

「芸芸變成壞孩子了！」

「不是啦，才不是這樣！只是有一點好奇而已啦！」

我驚叫出聲，惹得芸芸連忙這麼說。

「……那麼，我也一起去吧。要是讓好騙的芸芸一個人去晚上的酒吧，就像是一群大蔥鴨從忍耐一天沒發爆裂魔法的我面前經過一樣。」

「妳、妳不用來也沒關係啦！妳記得吧，我上次不也在公會的酒吧待到早上嗎，還不是沒怎樣！」

芸芸堅持拒絕我陪她一起去。

「那就這樣，明天見！」

然後這麼說完，便慌張地衝向夜晚的城鎮。

7

「……睡不著。」

決戰即將在明天展開。

或許是因此而感到緊張，我遲遲無法入睡。

僅僅一年以前，我還在上學，過著平穩的生活，到底是為什麼現在會陷入必須和上位惡魔戰鬥的險境呢？

仔細想想，這一年來，我經歷了許多頗有規格的冒險。

邪神的封印解除了之後，我才剛除掉邪神的僕人，結果又和上位惡魔厄妮絲交戰。

然後，現在又像這樣，為了保護阿克塞爾，即將和惡魔霍斯特戰鬥。

我想，即使是在往後的冒險生活之中，想必也不會再發生如此重大的事件了吧。

冒險者這種人和大家所想的不同，其實為了賺取每天的飯錢，多半都是一直出一些很無趣的任務。

我想大概也不會有願意讓我加入的奇特小隊，就算和霍斯特決戰之後順利獲得了勝利，之後也……

在黑暗中，想到這裡的我，把頭也鑽到棉被裡。

這樣不行，我的想法越來越往黑暗的方向偏了。

看來，明天的事情還是讓我有點膽怯。

想著想著，我覺得窗外似乎越來越亮了。

應該說，今天特別清醒，沒有睡意。

總覺得，我好像忘記了什麼非常重要的事情……

是什麼事啊？好像是什麼對我而言非常重要的事情……等等，啊啊！

我忘記每天必放的爆裂魔法了！

正當我心想難怪睡不著，準備起床的時候——

「『Unlock』。」

門外傳來這麼一道低語般的聲音，房間的門鎖就被打開了。

在這種時間硬開我的房門，到底是哪來的變態呢？

我不經意想起賽西莉的模樣，背對著房門裝睡，並且緊握拳頭，做好隨時能夠襲擊入侵者的準備。

不久之後，有人輕輕開了門。

「……惠惠，妳睡著了吧？」

聽見這道熟悉的低語聲，我鬆開緊握的拳頭。

原來入侵者是芸芸。

她是怎麼了，怎麼會在這種時間偷偷跑進來啊？

我是可以出聲說我醒著，卻沒來由地選擇繼續裝睡。

「……惠惠真的好厲害。面對那種惡魔，居然沒打算逃跑。如果是我的話，一定會徹夜煩惱，沒辦法安然入眠吧。」

早知道就不裝睡了。

她都說出這種話了，現在要我怎麼表示自己醒著啊……

就在我如此後悔的時候，芸芸繼續輕聲說著她的獨白。

「老實告訴妳喔。妳學了爆裂魔法的時候，我還想說妳明明是第一名怎麼會這麼笨。」

我真想立刻撲上去。

「其他像是在阿爾坎雷堤亞和阿克西斯教徒們一起搞那些愚蠢的招募活動時……真的是……真的是喔……」

說到這裡，芸芸頓時語塞。

……這個部分對我而言也是黑歷史，真希望她可以不要翻這種舊帳。

「可是——」

因為背對著芸芸，我不知道她現在是什麼表情。

「可是，光靠爆裂魔法這種搞笑魔法一招，就可以一舉掃蕩邪神的僕人，打倒厄妮絲，

現在又打算對付那隻惡魔的惠惠……」

我不知道她現在是什麼表情，不過一定是——

「我覺得……現在的惠惠真的很帥氣，也很厲害。」

一定是很難為情的模樣吧。

……沒錯，就跟現在的我一樣。

要是我現在起身，知道剛才的獨白被我聽見的芸芸，心靈肯定會嚴重受創吧。

不過，她都這麼直接表達自己的心情了，只有我什麼都不說好像也不太對……

「可是，惠惠也知道吧？即使用了隱身魔法躲起來，只要使用爆裂魔法，就會因為魔力外漏而被對方發現自己的位置。」

……事到如今，我也不敢說我根本沒想到那麼多。

正當我因為羞恥心而苦悶不已的時候——

「所以啊……」

芸芸的聲調突然一變。

「今後，我還想繼續當這樣的惠惠的競爭對手。為此，我要借走這個。」

芸芸以認真的聲音這麼說，然後撿起某樣東西。

從她剛才說的那些話聽來，不用看我也大概猜得到她拿了什麼。

是那個沾了點仔的氣味，要用來吸引霍斯特用的布偶吧。

她是想搶在我之前先誘出霍斯特，並且解決掉牠嗎？

不過，芸芸應該沒有決定性的一招能夠解決霍斯特才對。

再怎麼說，只有一個人幹這種傻事未免……

「我之所以會一直在冒險者公會的酒吧待到這個時間……剛才，我終於第一次成功主動拜託人家和我組隊了。」

…………

「而且，還是這個城鎮數一數二的冒險者小隊，雷克斯先生他們。我說想找那隻惡魔報仇，他們便爽快接受了我的請託。」

是他們？

可是，他們的傷勢應該相當嚴重才對……

「只有一個人的話，我大概沒有勇氣挑起這場戰鬥，但如果是這樣一定可以……」

聽著芸芸的獨白，我動腦思索該何時起身。

「那麼，我去去就回。」

差不多是時候了。

假裝我剛醒來，睡眼惺忪地打招呼——

「因為，妳是我最重要的朋友。明知道憑那樣的作戰計畫打不贏，我怎麼可能就這樣讓妳去。所以……」

正當我想著該怎麼回答，不知道該說什麼的時候……

「惠惠，抱歉了。」

在她低聲道歉的同時……

「『Sleep』。」

難以抵擋的睡魔朝我襲來——

8

「——！」

在清醒過來的同時，我揮開棉被跳了起來。

我迅速環顧四周，發現窗外已經完全變亮了。

然後，我原本放在門邊的黑貓布偶消失了，證明那不是我在作夢。

「居然敢這樣對我！竟敢第一次算計本小姐啊，芸芸！」

在各種心緒之前，中了計的不甘心最為強烈。

擔心我的安危，和一流小隊一起先行打倒霍斯特。

一般來說，這或許是一段佳話，但是對我而言……！

「對紅魔族來說，表現機會被搶走是最大的屈辱！妳可別以為能夠就這樣安然無事！」

在吶喊的同時，我抓起法杖，直接衝出房間——！

「呀！」

「！」

結果差點迎頭撞上人在外面的賽西莉。

「大姊姊，不好意思！情況有點緊急，我在趕時間！今天我就先告辭了！」

「妳怎麼那麼慌張啊？妳說情況緊急，到底是發生什麼事了？」

現在實在沒多少時間能夠向賽西莉說明，但是差點撞飛人家，卻什麼都不說明一下也不太好……！

我壓抑著急切的心情大略說明了狀況之後，賽西莉歪著頭說：

「和惠惠小姐的朋友一起去打倒惡魔的冒險者小隊裡面，是不是有個叫雷克斯的人？」

「嗯？是啊，沒錯。聽說他們在這個城鎮也是實力數一數二的一群人……」

她聽了以後……

「是我治好的喔！」

賽西莉帶著燦爛的笑容，豎起拇指這麼說。

「……啥？」

「我說，是我治好那群人的！妳還記得吧，我昨天不是說我難得認真工作了嗎？我沒來由地又跑去艾莉絲教會想妨礙他們，然後就看到那些人呻吟得很痛苦的樣子。」

這是怎樣，我有種不祥的預感。

「我對阿克婭女神的信仰心，似乎比在場的艾莉絲教祭司們都還要虔誠。憑藉艾莉絲教祭司的力量，那些人都還動彈不得，而我在艾莉絲教徒們的眼前，讓他們恢復到加把勁就勉強能夠戰鬥的程度了！當時艾莉絲教徒們心有不甘的表情真是太棒了！」

就是這個人害事情變得這麼複雜的嗎！

就算是芸芸，一個人也不會想去挑戰那隻惡魔。

同時，除了雷克斯等人以外的小隊，即使芸芸找上他們，大概也不會願意和她一起去驅除惡魔吧。

話雖如此，賽西莉也只是治療了傷患而已，我又不能抱怨什麼！

「沒時間在這裡閒耗了，我也得立刻趕過去……！」

而就在我準備衝出去的時候，賽西莉抓住了我的手。

「大姊姊，我現在實在沒空陪妳玩……」

但當我一看見大姊姊的表情，我就把還沒說完的話吞了回去。

她在嘴裡唸唸有詞，並以認真的眼神看著我。

不久之後——

「願阿克婭女神祝福妳！『Blessing』！」

賽西莉對著我舉出的手上，發出柔和的光芒。

光芒籠罩住我的身體……

「除了恢復魔法以外，就連詠唱我也記得不太熟。能夠成功使出來真是太好了。」

賽西莉露出安心的笑容，鬆了口氣。

看見她的表情，我也不禁苦笑。

同時，我也稍微有點感謝這位奇怪的阿克西斯教徒大姊姊。

在這個十萬火急的狀況之中，我似乎在自己也沒有察覺的情況下陷入了恐慌。

多虧有她，讓我適度放鬆了。

「大姊姊。」

「至少在這種時候，妳應該再叫我一次姊姊吧……」

我又苦笑了一下，並且說：

「賽西莉姊姊，我出發了。」

「路上小心！」

9

城鎮外的遼闊大平原。

平常在那裡四處跳來跳去的巨型蟾蜍都不見了蹤影。

「我們會再次擋下牠！拜託妳再用一次剛才的魔法！」

「我、我知道了！包在我身上！」

取而代之的……

「擋得住我就試試看啊！有夠煩人的，你們這些小嘍囉！」

是和惡魔霍斯特展開激戰的芸芸等人。

「雷克斯，退下！你已經沒辦法打了！」

「就是說啊，你的右手已經骨折了吧？臉色那麼蒼白！」

戰況似乎不太理想，但意外的是，霍斯特好像也不是毫髮無傷。

之前和魔劍勇者對戰的時候被砍掉一邊翅膀的霍斯特，現在身上到處都是小小的傷口。

而且，現在的他給人一種虛弱到不行的印象。

「……可惡，照理來說，像你們這種小嘍囉我早就可以擺平了……」

威嚇著代替雷克斯上前的泰瑞與蘇菲的同時，霍斯特以虛脫的聲音輕聲抱怨。

面對這樣的戰況——

「好了，這下子該怎麼辦呢？現在到底是不是參戰的好時機啊……」

我使用封有折射光線的魔法的卷軸將自己變得透明，待在稍有距離的地方觀戰——

看見霍斯特狀況似乎不太好的模樣，我不禁期待這樣說不定打得贏。

我原本想衝出去的，但又覺得繼續這樣觀察狀況可能比較好。

之所以這麼覺得，是因為站在紅魔族的角度來說，在這個時機出現不太好。

如果是在危機的時候現身參戰也就算了，在我方占有優勢的時候登場這種搭順風車的行

為，著實令我無法接受。

這時，芸芸一手拿著魔杖向前伸出，另外一隻手緊緊握住一顆小石頭。

「『Lightning』——！」

她以傳遍平原的聲量大喊，發出蘊藏著大量魔力的雷擊魔法。

發出魔法的同時，芸芸手上的小石頭跟著粉碎……！

「痛！……痛死我啦——！從剛才開始就一直用這個魔法，真是煩死了！混帳，失去了許多力量，現在我實在不太想使用魔力，但是……！」

中了電擊的霍斯特高高舉起雙手……

「去死吧！『Inferno』！」

然後在大喊的同時往下一揮！

但是，芸芸似乎早就預料到會這樣，她一放開手上的魔杖，雙手就拉開一個卷軸，並往前一遞。

「『Magic Canceller』——！」

霍斯特揮落的手上，並未射出理應發出的魔法。

相對的，芸芸遞出的卷軸變得焦黑，潰不成形。

看來是封在卷軸裡的魔法發動，消除了霍斯特的魔法。

芸芸撿起掉在腳邊的魔杖，又從口袋裡拿出一顆石頭。

她拿出來的石頭是瑪納礦石。

那是一種裡面充滿魔力的礦石，隨著尺寸越大、純度越高，價格就會倍數成長的道具。

儘管是有許多昂貴的魔道具輔助，芸芸面對霍斯特，還是取得了略占上風的戰果。

「妳未免也太難纏了吧，所以我才不想對付紅魔族！可惡，妳想發魔法就儘管發吧！我已經受夠了，我要強行突破！」

焦躁的霍斯特發揮與巨大的體型不相襯的敏捷速度，一口氣拉近了距離。

蘇菲和泰瑞見狀，上前護住了芸芸。

「各位，採取『F』計畫！」

芸芸在吶喊的同時，拿出卷軸，擺出架勢。

「我沒問題！」

「很好，動手吧！」

「隨時都可以！」

那大概是她和雷克斯他們事先決定好的作戰代號或是什麼的吧。

「你們又想耍什麼詭計了嗎！從剛才開始就一直耍這種小聰明，有本事的話……！」

霍斯特毫不介意地繼續往前衝……！

在此同時，雷克斯他們遮住了眼睛。

就在我瞪大了眼睛想看清楚他們到底要幹嘛的同時……

「『Flash』！」

隨著芸芸的聲音，強烈的閃光迸射而出！

「哈！我們惡魔不是用眼睛在看東西！這個身體只是暫時的假象，這種小技倆怎麼可能管用！」

「可、可惡！……啊嗚──！」

「蘇菲？咳喝！」

從聲音聽起來，雷克斯以外的兩名前鋒都倒下了吧。

「可惡，竟然完全沒效嗎？可是我覺得好像聽到一道很小聲的慘叫啊……！」

傳來東西倒地的聲音有兩道。

雷克斯如此悲痛的喊叫聲，也足以證明我的推論。

順帶一提……

「──！──！」

他所說的很小聲的慘叫，大概是依然摀著眼睛在地上打滾的我所發出來的吧。

正當我摀著被閃到看不見的眼睛，蹲在原地不住發抖時……

「好了，只剩下兩個人了。你們還有什麼作戰計畫可以用嗎？」

霍斯特得意地如此表示。

我勉強睜開依然感到刺痛的眼睛，看見的是與霍斯特對峙的芸芸。

在她身邊的，是只用一隻左手拎著大劍的雷克斯。

其他兩個人都趴在地上，名叫泰瑞的那個人甚至失去了意識。

芸芸平靜地開了口，回應霍斯特的挑釁。

「雷克斯先生。我不知道那個對魔法抗性高強的惡魔管不管用……不過，我還剩下一個魔道具。」

「……我知道了。我該怎麼做？」

怎麼辦？事到如今，現場的氣氛好像變得不容我插手了。

兩人之間充滿緊張的情緒，不久之後，他們便以我這裡聽不見的輕聲交談了一兩句。

「好樣的，你們還有什麼招數可以用啊？來啊，有什麼儘管試！只要發動攻勢就會露出破綻。要是妳們發動的攻勢失敗了，下一個倒下的，究竟會是兩人之中的哪一個呢？」

霍斯特出言調侃芸芸，但是牠黃色的眼睛卻浮現了明顯的警戒之色。

這時，芸芸拿出某種瓶子——

「……？是魔法魔藥嗎！」

正當芸芸準備喝光裡面的東西時，霍斯特對著她再次開始衝刺。

「剩下的交給妳了，小妹妹！」

在如此大叫的同時，雷克斯將大劍朝霍斯特扔了過去。

「！」

或許是沒想到他會丟出武器，霍斯特的反應慢了一拍，才以堅硬的手臂將大劍彈開。

然後，牠以那雙鐵腕揍飛了雷克斯……

「『Paralyze』————！」

在此同時，喝完魔藥的芸芸灌注渾身的魔力，施展了魔法。

芸芸施展的是麻痺對手，使其暫時無法動彈的魔法。

但是，惡魔的肉體只是暫時性的假象，麻痺之類的狀態——

「哈！妳明明是紅魔族卻不知道嗎？麻痺魔法對惡魔……唔……！」

原本得意洋洋的霍斯特說到一半，話就沒有再說下去了。

「麻痺魔法對惡魔無效，這點我非常清楚！我的成績好歹也一直都是全學年第二名！」

芸芸喝掉的魔藥，俗稱魔法魔藥。

喝下去之後，能夠提升特定魔法的威力，或是改變魔法的效果。

既然霍斯特沒有動作，看來似乎是魔法起了作用。

之所以沒有一開始就用這種魔藥，也是因為芸芸認為這個東西有沒有效是一種賭注。

不過，芸芸賭贏了。

接下來，只要給無法動彈的霍斯特最後一擊就可以了。

「嘖，竟然能夠困住本大爺，那種魔法魔藥也太強了吧。不過，我看妳也用掉了不少魔力吧？在麻痺魔法還有效的這段時間內，妳剩下的魔力足以解決本大爺嗎？麻痺魔法的功效頂多持續幾分鐘，要是功效在妳殺到一半的時候就沒了，情勢可就瞬間逆轉了喔。」

看來這個情況十分危急，霍斯特也立刻變得多話了起來。

「所以說，今天我們雙方都撤退好了，如何？妳也想早點治療躺在地上的那三個人吧？如果妳願意就這樣接受雙方撤退的協議，即使麻痺魔法等一下立刻失效了，我答應妳，只有今天我絕對不會對你們出手。或許妳不相信，不過我們惡魔絕對不會毀約。」

但是，或許是不相信惡魔說的話，芸芸沒有回答任何一個字。

而大概是始終默不作聲的芸芸使牠焦急……

「……妳是全學年第二名對吧？既然如此，妳至少也該知道我們惡魔對於契約和口頭約定絕對遵守吧！」

霍斯特放大了聲量，聲音之中帶著焦急與煩躁。

「……………不是啦。」

這時，芸芸以顫抖的聲音這麼說。
這麼說來，芸芸也從剛才開始就待在原地沒動。
「不是？什麼東西不是？」
霍斯特如此表示疑問。
「那個……你聽我說喔。你剛才說的交易，我願意接受。就是……今天我們雙方都先撤退的那個。」
芸芸以拔高的聲音這麼說。
這時……

「喂……等、等一……下……」

雷克斯在一旁如此插嘴。
「沒錯，如果妳是顧慮我們就不必了……」
就連恢復意識的泰瑞也這麼表示。
「……我們沒事的……所以，還是趕快給牠決定性的一擊吧！」
甚至連蘇菲也為了激勵芸芸，說出了這樣決定性的一句話。

……但是，我已經知道芸芸現在是什麼狀況了。

「那個，其實啊……」

看著到現在依然毫不動彈的芸芸……

「……喂，妳該不會是……」

似乎就連霍斯特也察覺到了。

「難不成，妳也動不了了嗎？」

這句話，讓四下陷入了一片寂靜。

不久之後，唯有霍斯特的笑聲在這一帶迴響。

「你、你們紅魔族確實很難搞，但我還是不討厭你們啊！到底要怎麼樣才會害妳自己也中麻痺魔法啊！」

霍斯特邊說邊大笑，而芸芸則是淚眼汪汪地回嘴：

「我也不知道啊！那是我在最後去的那間魔道具店裡，一個漂亮的大姊姊說：『這是能夠不由分說就強化麻痺魔法的威力以及有效範圍的魔藥喔！』然後就用非常便宜的價格賣給我的東西嘛！」

照理來說，我很想大罵她到底在搞什麼，但看見掉在芸芸腳邊的瓶子後，我只能抱頭。

那個喝下去之後會害自己也遭殃的白痴商品，大概是我的父親製作的東西。

「哈哈哈——笑得好累啊。所以呢？妳想怎麼做啊？就妳所說，本大爺是無法相信的惡魔。妳要交易呢，還是不要交易呢？妳看，本大爺現在動彈不得了呢，不給我最後一擊可以嗎？妳讓我笑得那麼開心，所以就算妳現在才說想和我交易，我還是願意放過你們喔！」

依然無法動彈的霍斯特語帶調侃地這麼問。

原本還很有氣勢的雷克斯他們，聽了剛才的交談之後也說不出話來了。

——是時候了吧。

「嗚嗚——……你、你這是想找我吵架嗎？有、有人找架吵的話，紅魔族必定奉陪！即使不敵對手，也……會……」

淚眼汪汪的芸芸說到一半便啞口無言，僵在原地。

「哇啊！妳、妳這個傢伙，怎麼突然冒出來了啊！」

霍斯特也一樣。

牠一看見解除卷軸效果並突然現身的我，便嚇到讓原本就動彈不得的身體變得更僵硬。

「各位，你們都動彈不得了啊？」

竟然丟下我一個人，自己玩得那麼開心。

「大家好，我是正好路過的大魔法師。你們竟然排擠本小姐，自己打得這麼熱鬧啊。」

10

「妳、妳不是……！妳不是那個時候的嘴砲魔道師嗎！喂，小矮子，妳說什麼大魔法師啊！跑來這種地方幹嘛，這裡很危險，快逃吧！」

不知道是因為受了傷的關係還是麻痺魔法的功效，倒在地上依然動彈不得的雷克斯，以著急的聲音警告我。

「……惠惠？」

一道戰戰兢兢的聲音傳來。

動彈不得的芸芸，像是害怕挨罵的小孩似的，一邊察言觀色，一邊喚了我一聲。

我沒有回應她，只是說：

「昨天晚上，我因為忘記施展每天必發的爆裂魔法，正打算起床的時候，就有人用了睡眠魔法讓我睡著……」

「唔！妳妳妳妳、妳醒著啊？等一下！妳那個時候該不會醒著吧？」

我向前舉起手上的法杖，直指霍斯特。

「然後，為了連同昨天沒用掉而滿溢出來的魔力一起耗掉……我正在到處尋找哪裡有適合的目標可以發魔法的時候……」

「唔唔……喂，妳、妳的眼睛……！等、等一下，好，我知道了，妳冷靜一點！先稍微冷靜一下再說吧！」

正當霍斯特以拔高的聲音如此對我大聲疾呼時——

「惠惠，算我求妳，回答我吧！妳到底是什麼時候醒過來的啊？昨天晚上妳是從什麼時候開始聽的啦！」

芸芸也淚眼汪汪地如此大喊。

「妳問我是什麼時候醒過來的啊？這個嘛，差不多是妳用開鎖魔法打開我房間的門鎖，問了那句『惠惠，妳睡著了吧？』的時候開始的吧。」

「不要——————！呀啊——————！」

聽我這麼說，芸芸滿臉通紅地放聲尖叫。

她似乎想逃離現場，但是因為麻痺魔法的功效而力不從心。

「好了。我那個明明人家醒著，卻還是說著讓人聽了很不好意思的獨白，然後施展麻痺魔法還害到自己的搞笑同胞，似乎被你整得很淒慘嘛。」

「不────────！別說了，別再說了！是我不對，求求妳別說了！妳是在氣我用睡眠魔法讓妳睡著，然後搶先對牠發動戰鬥對吧？因為我擅自拿走那個布偶對吧？我道歉就是了嘛，妳別說了！」

「雖然她是個會在沒有人聽的狀況下就會說出『現在的惠惠很帥氣，也很厲害』這種話的丟臉女孩……」

「不────────！不要啊────────！」

「『因為，妳是我最重要的朋友』……沒錯，既然她都說出這種話了，我又怎麼能默不作聲呢！」

「殺了我吧────！無法動彈的我逃也逃不掉又無法自盡，那不如給我一個痛快吧────！我活不下去了！乾脆殺了我吧！」

在精神瀕臨崩潰的芸芸的哭喊聲中……

霍斯特看著這樣的我們，隱約顯得有點開心。

這時，原本悶不吭聲的雷克斯，倒在地上放聲大喊：

「喂，嘴砲魔道師！妳想玩到什麼時候啊，想幹嘛就趕快…………？怎、怎麼搞的？喂，這是怎樣，妳看起來不太對勁啊！」

這種事情，也輪不到他現在來告訴我。

在對芸芸發動精神攻擊的時候，我也不斷在凝聚魔力。

「我的魔法，原本是需要集氣的大招。不過，這個狀況非常適合我出招呢。」

「需要集氣？還需要繼續集氣嗎？就連我活了這麼久，也幾乎不曾感覺到如此令我害怕的魔力……」

霍斯特的聲音聽起來像是已經看開了，同時又有點開心。

「接下來要施展的是吾之奧義。是打倒你的同事厄妮絲的必殺魔法。」

「……打倒那個傢伙的是妳啊。原來如此，從如此的魔力規模來看，我也不覺得那個傢伙抵擋得了。」

或許是因為昨天沒用魔法的關係，我今天湧現的魔力比平常還要源源不絕。

無法完全凝聚的魔力滿溢而出，微微震盪著附近的空氣，並且使其輕微帶電。

「這、這是怎樣……喂，這到底是怎樣啊……當了這麼久的冒險者，我還是第一次看見這樣的魔法……」

雷克斯茫然地如此喃喃自語，轉頭環顧四周。

「妳到底想幹嘛？難道妳真的不只是個嘴砲魔道師嗎……？」

然後一臉蒼白的面對著我，提心吊膽地這麼問。

我沒有回答，只是露出苦笑說：

「我要出招了。吾之必殺爆裂魔法！」

聽見爆裂魔法四個字的霍斯特，以非常像人的動作沉沉嘆了口氣。

……那張惡魔臉看不出來是怎樣的表情，不過我想，大概和我一樣面露苦笑吧。

「真是的……如果我是在萬全的狀態下，說不定還勉強撐得住喔。要不是昨天被那個硬到不像話的十字騎士加盜賊的奇怪二人組攻擊的話……」

依然無法動彈的霍斯特……

「後來，因為那個時候受了傷，我為了洩憤而打算襲擊城鎮……結果一個在做城牆工程的怪異女人，劈頭就對我施展了窮凶極惡的破魔魔法……」

簡直像是在抱怨似的，說出這樣的獨白。

「我的『隻數』要少掉一隻了吧——這下子我和沃芭克大人的契約也會強制解除，重返自由之身啊……真是傷腦筋，要是再這樣下去，我搞不好總有一天真的會被那個小鬼召喚出來，並聽命於她呢。」

然後，牠說著這種讓人聽不太懂的事情，露出一副並不是完全無法接受的模樣。

「……『Explosion』——————！」

「真是的，這個城鎮是怎樣啊！淨是一些怪異的傢伙，而且各個都不是什麼好東西！當

然，會使用這種魔法的妳也是啦！混帳東西——！」

11

殺爆霍斯特固然是好事一樁，不過在那之後，包括用盡魔力的我在內，除了芸芸以外都沒有人能動彈了。

從冒險者公會過來的人們，將在場的幾乎所有人都用擔架搬了回去，而如此的窘境也已經是昨天的事情了。

現在——

「不枉我相信妳！沒錯，我一直都很相信妳，惠惠小姐！姊姊一直都相信妳會獲勝！」

我在旅店的入口被賽西莉抱緊處理，任憑她用臉頰磨蹭我的臉頰。

該怎麼說呢，芸芸也在旁邊看，所以實在有點不好意思。

「那個……大姊姊。」

「叫我姊姊啦！是說妳昨天不就叫得很順嗎！」

「大姊姊。不好意思，這樣好熱，妳差不多該放開我了吧……」

「真是的，妳這個孩子還真是傲嬌啊！」

儘管嘴裡說著莫名其妙的話語，賽西莉總算是放開我了。

然後，她盯著我一直看，一邊奸笑一邊說：

「可是，惠惠小姐那樣做真的好嗎？居然把獎金全部給人家了。」

沒錯，除掉霍斯特得到的報酬，我全給了雷克斯他們。

應該說，追根究柢，把霍斯特引來這個城鎮的森林裡的就是我。

正確說來，原因是現在也充滿活力地黏在我腳邊的這顆毛球就是了。

「沒關係啦。反正我在最後給牠致命的一擊已經占盡好處了。和那隻惡魔展開激戰，並把牠逼到走投無路的，並不是我。」

「其實很想要錢，卻像這樣逞強的惠惠小姐也很可愛呢！」

「我我、我才沒有逞強呢！真的喔！我只是想說害雷克斯他們受傷的原因好像出在我身上，只是稍微有點這麼覺得而已！」

「真是的，太不老實了吧！可是姊姊也不討厭這樣的惠惠小姐啦！」

賽西莉亢奮地這麼大喊，再次抱住我，害我只能苦笑。

「……好了。那麼，雖然有些不捨，不過我也差不多該啟程了。」

說完，賽西莉背起放在入口的行李。

「妳要直接回阿爾坎雷堤亞去了嗎？」

聽我這麼問，賽西莉露出想要惡作劇的孩童般的表情說：

「不，我要直接出外旅行！經過這次的事件，我終於體認到，只有恢復魔法是不夠的！說穿了，我是因為經常嘻鬧到害自己受傷才學了恢復魔法。不過，這次對惠惠小姐施展了祝福魔法，做了很像祭司會做的事情之後，我忽然想到！頭銜只有美女還不夠，法力高強的美女祭司聽起來更棒吧？」

超級無關緊要耶。

「而且，祭司在等級練到某個程度以後，可以選擇自己喜歡的城鎮當分部長，負責經營教會呢！」

不，看來不是沒那麼無關緊要。

「……大姊姊，妳該不會是想派駐來這個城鎮吧？」

「不告訴妳！」

……看來她是真的這麼想。

「總之，就是這樣。就算我走了，妳也不可以寂寞到哭出來喔！」

「才不會呢……不過，大姊姊也要小心喔。不說話的妳看起來就是個美女，小心別上了壞男人的當喔。」

「那是我該說的話吧！聽好喔，加入小隊的時候務必要慎選，知道嗎！」

賽西莉只留下這麼一句話，就和到來的時候一樣，突然就離開了——

這時，一直看著我們的互動的芸芸，露出前所未見的認真表情對我說：

「惠惠，陪我到城鎮外面一下好嗎？」

——在城鎮外面的平原上，原本因為害怕霍斯特而躲起來的巨型蟾蜍們，正朝氣蓬勃地跳來跳去。

追趕那些蟾蜍的冒險者，在平原上也到處可見。

「這裡就可以了吧。」

說著，走在我前面的芸芸突然停下腳步。

然後——

「吾之競爭對手，擁有紅魔族第一的稱號之人，惠惠！」

芸芸紅著臉，指著我說：

「吾乃芸芸！身為大法師，擅使中級魔法，乃終將成為紅魔族長之人！……接下來，我將踏上旅途。沒錯，為了打倒身為競爭對手的妳，我將踏上學習上級魔法之旅！」

「……昨天妳稱呼我的時候不是競爭對手，而是『妳是我最重要的朋友』……」

「哇啊啊啊啊啊我聽不見我聽不見啦！」

眼中浮現淚光的芸芸，終於變得滿臉通紅了。

「…………難不成妳是因為說了那些難為情的話，才打算去旅行到風波平息為止嗎？」

「再怎麼樣我也沒有笨到那種程度好嗎！關於那個嘛……只、只有……一點點……而已……總、總而言之！」

這次，她拿出魔杖，握在手上，指著我說：

「等我學會上級魔法之後，到時候我們真的要做個了斷！……雖然很不甘心，但是到頭來，惠惠連那隻惡魔也打倒了。我承認，現在的我贏不過妳。即使這樣繼續一起冒險，我大概也很難超越惠惠。」

「哪有什麼大概不大概啊，目前我和芸芸之間的戰績，幾乎是我全勝耶。」

「吵、吵死了！人家現在再說很正經的事情，妳不要插嘴來亂啦！所以呢，妳說啊！如果我學會了上級魔法，妳有沒有要和我正式做個了斷的意思嘛！」

終於哭了出來的芸芸如此大聲哭喊。

而我一轉過頭來面對芸芸——

「可以啊。到時候，我們就拋開所有小手段，正式做個了斷吧。」

就這麼說著，並對我為數不多的朋友笑了笑。

——將成為紅魔族長之人！——

跟惠惠道別之後，我離開阿克塞爾已經兩個星期了。
在這段時間當中，我路經兩個城鎮，但是都沒有找到同伴。
……老實說，找同伴這件事我已經半放棄了。
因為，只要有一定程度的實力，一個人和怪物戰鬥比較容易提升等級。
而且，我的目標是成為紅魔族第一的魔法高手。
我不是想追上惠惠，而是想超越她。
為此，即使得稍微冒險一點我也在所不辭，就算要越級打怪也一樣。
既然如此，找同伴的時候也不能太隨便……！
——坐在搖晃的共乘馬車上，我一次又一次這樣說服自己。
……怎麼辦，我越來越想哭了。

艾莉絲女神，真是對不起，我說謊了。我還是想要同伴，我想要可靠的同伴，可以的話最好是人類，不，已經到了這種地步的話，只要有辦法對話不管是什麼都可以，我想要能夠一起冒險的同伴……！

這時，突然有人從旁邊對我搭話：

「還、還好嗎，妳怎麼了？妳從剛才開始就一直用力搖頭，舉止十分怪異，是不是有哪裡不舒服啊？」

看來我是因為太過煩惱，而在無意識之中做出了奇怪的舉動。

我對著因為擔心而向我搭話的大姊姊揮了揮手……

「我、我沒事，只是稍微煩惱了一下各種事情罷了！不好意思，做出了奇怪的舉動……真是很抱歉！」

並一邊感覺自己的臉越來越熱，一邊慌張地這麼說。

那位大姊姊露出柔和的微笑。

「這樣啊。妳看起來是雲遊四海的魔法師吧，別太勉強自己喔。」

說著，她拿了一樣東西給我。

是包裝起來的餅乾。

「那、那個……」

「這非常好吃喔，妳吃吃看吧。」

正當我感到困惑時，大姊姊對我笑了笑，如此表示。

「謝、謝謝妳。」

餅乾……

這麼說來，我和惠惠一起旅行到阿克塞爾的路上，也像這樣在搖晃的共乘馬車裡，拿了一個帶著小孩的阿姨給我們的餅乾呢。

正當我拿著大姊姊給我的餅乾，回憶著這件事的時候——

「哎呀，那個眼睛……妳是紅魔族嗎？」

大姊姊揭開拉得很低的兜帽，看著我的眼睛如此表示。

有著獨具特色的黃色眼睛，一頭紅短髮的大姊姊看著我的眼睛，隱約顯露出懷念之色。

「啊，對！我是紅魔族的……那個……吾、吾、吾乃……」

「沒、沒關係，不方便的話不用報上名號也沒關係！我知道紅魔族的名字都很特別！」

正當我打算報上名號時，大姊姊連忙這麼說。

……真是一個大好人。應該說，我好像難得遇見了一個很有常識的人呢。

今天的旅客好像很少，馬車上只有我和大姊姊兩個人。

「對了，妳到底在煩惱什麼呢？如果不嫌棄的話，可以說給大姊姊聽聽喔。」

我說了聲開動，並吃起餅乾的時候，大姊姊微笑著對我這麼說。

「我、我的煩惱嗎……這個，說起來有點不好意思……」

明明是第一次見面的人，不知為何，我卻把目前為止的遭遇都對她坦白了。

和朋友一起離開紅魔之里，前往阿克塞爾。

然後，就連在人稱最適合招募隊友的那個城鎮，我直到最後還是找不到同伴。

心想總有一天要超越朋友，為此而向交情已久的那個朋友告別，像這樣踏上旅途。

大姊姊聽完之後，暫時閉上了眼睛。

「……這樣啊。我也是，長年侍奉我的部下們，接連離開了這個世界。離別真是令人難過呢。」

不久之後，她這麼說完，露出有點落寞的笑容。

這位大姊姊，一定也經歷過許多事情吧。

「那還真是……那個，請節哀……」

「啊，抱歉，我沒事的。我們只是暫時離別而已，並不是再也見不到那些孩子們了喔。不說這個了……妳接下來要到哪裡去呢？」

「我嗎？嗯──我沒想太多，只是想要快點提升等級，所以想去有強大怪物的地區。」

聽我這麼表示，大姊姊說了聲原來如此，點了點頭。

「那麼，妳要不要就這樣和我一起走啊？我接下來想待在某個城鎮進行溫泉療法，不過也可以偶爾陪妳去冒險喔。別看大姊姊這樣，我也還滿強……」

「一起走吧。」

沒等大姊姊說完就回話的我，似乎有點嚇到她了。

「這、這樣啊。不過……大姊姊想去的地方，是一個叫作阿爾坎雷堤亞的城鎮……」

「咦！」

難得有人這樣邀請我，要去的地方偏偏是阿爾坎雷堤亞。

我實在不太想再回到有那些人在的城鎮去……

「有什麼問題嗎？妳在阿爾坎雷堤亞怎麼了嗎？」

「嗚……是啊，該怎麼說呢……其實我之前路過那個城鎮的時候，被捲入了和魔王軍有關的人引起的事件當中。」

聽我提到魔王軍三個字，大姊姊突然臉色大變。

「和魔王軍有關的人……？**可是，在阿爾坎雷堤亞的計畫要付諸實行，應該是在很久之後才對啊……**」

她接著陷入沉思，並小聲地自言自語之後又問道：

「然後呢？魔王軍在阿爾坎雷堤亞做了什麼？」

「這個嘛，他們發動了破壞行動，將鎮上的溫泉都變成瓊脂史萊姆了。」

「這、這是怎麼回事……？吶，那件事情真的是和魔王軍有關的人幹的好事嗎？我、我好像沒聽說過這種愚蠢的破壞行動耶。」

「因為事件發生之前，有人在鎮上看見女惡魔……也因為這樣，阿克西斯教團的那些人表示『這肯定是魔王軍搞的鬼。應該說，把在這個城鎮發生的壞事全部都賴給魔王軍好了』，所以就這麼決定了……」

「這是怎樣啊！」

大姊姊抓住我的雙肩，可是這種事情對我說也沒用。

「總之就是這麼一回事，因為種種因素，我不太想去那個城鎮……應該說，大姊姊也要小心喔！因為那個城鎮有很多怪人。」

「光是聽妳剛才說的那些，我就充分理解到這一點了。謝謝妳。」

——這時，共乘馬車開始減速，最後停了下來。

「不知不覺間好像已經抵達城鎮了呢。那麼，我要和妳在這裡道別了喔。我得改搭前往阿爾坎雷堤亞的馬車才行。」

大姊姊一副不太開心的樣子，嘆了口氣，站了起來。

「那、那個……拒絕了妳的邀約真是不好意思。幾乎沒有人像這樣邀請我，所以，我一輩子都不會忘記妳的。」

「忘、忘了也沒關係啦！我只是覺得妳的魔力好像特別強，感覺很有鍛鍊的價值，所以稍微產生了一點興趣罷了！妳不用那麼鄭重看待這件事啦！」

大姊姊連忙對我投以溫柔的笑容。

「那麼，修練固然重要，可是多交朋友也是同等重要的事情，所以在這兩件事情上，妳都要加油喔。不然，小心變成魔王喔。」

說著，大姊姊就下了馬車，對我揮了揮手。

大姊姊下了車之後，馬車不一會兒又緩緩動了起來。

我從車窗探出頭，對目送我的大姊姊揮手回應，同時將她告訴我的話銘記在心。

『不然，小心變成魔王喔。』

那是無人不知的，魔王的故事。

一個強到不行，名字怪異，又一直都是孤獨一人的魔王的故事。

為了不讓自己的小孩變成像自己一樣孤獨的魔王，而給了他在孤獨一人時顯得毫無意義的，雖然強大卻也很特殊的力量，這樣的一個魔王的故事。

可是沒關係。

我有一個……該怎麼說呢，該算是同伴還是朋友還是摯友……沒錯，是競爭對手。我有一個競爭對手。

——總有一天，我要超越那個女孩，成為紅魔族之長……！

這時，在大姊姊的目送之下鞏固了決心的我，忽然察覺到一件事情。

「我忘記問那個大姊姊的名字了！」

終章

——吾乃惠惠。

身為紅魔族首屈一指的魔法高手，乃擅使爆裂魔法之人。

同時，也是擊退邪神的僕人，打倒兩隻上位惡魔之人。

「前鋒職業還要三位，這邊還有缺額——！」

「有沒有祭司——？我們接的是好賺的哥布林驅除工作喔——！名額還有一個！」

這樣的本小姐——

「肚、肚子好餓……」

現在，就快要餓死了。

待在冒險者公會的角落，我今天依然在等人張貼新的招募隊友告示。

事情怎麼會變成這樣呢？

儘管我將冒險者公會發的獎金給了雷克斯他們，我打倒了霍斯特的消息，應該也已經在冒險者們之間傳開了才對。

可是，為什麼至今仍然沒有願意收留我的小隊出現呢？

芸芸啟程的時候，我還故意耍帥，把討伐霍斯特的時候從賽西莉那裡預支來的行動資金的剩餘款項，全都給她當成餞別。

不對，不是這樣。

那個時候，我覺得反正在這之後，會有各式各樣的小隊爭著要打倒惡魔的我，所以想賺多少錢就有多少錢，樂不可支。

然而，事到臨頭卻是如此悽慘。

「嗨，妳在這種地方幹嘛？還是找不到小隊嗎？」

有人從頭上對無力地趴在桌子上的我這麼說。

用不著抬頭，聽聲音我也知道是誰。

是雷克斯。

「有什麼事嗎？傷勢已經痊癒了嗎？應該說，你是來調侃我的嗎？還是來找我吵架的？我現在肚子餓到非常心浮氣躁，有人找我吵架的話我非常樂意奉陪喔。紅魔族原本就是有人找架吵就必定奉陪的一族。」

「不、不是，不是這樣啦！我怎麼可能找妳吵架啊！拜、拜託妳饒了我吧，我不是那個意思啦！」

聽我趴在桌上，頭也不抬地說了那些話，害雷克斯驚慌失措了好一陣子。

「……吶，如果妳找不到可以加入的小隊，要不要加入我們的小隊啊？」

然後，他像是在約我吃飯似的，輕描淡寫地說了這種話……

我猛然抬起頭，一把抓住雷克斯的腰帶。

「你剛才說什麼！」

「唔喔！沒有，我是問妳要不要加入我們的小隊啦。妳知道，我們的小隊還算是挺有名的。我想，就算是會用那種超強魔法的妳，在我們的小隊一定也有機會發揮吧？」

本小姐竟然得到了菁英團隊的邀約！

「說清楚！快點說清楚講明白！」

「好、好啊。就是……該怎麼說呢，對我們而言，這個城鎮附近的怪物已經不夠看了。所以……妳看。」

雷克斯伸出拇指，指向公會的入口。

只見蘇菲和泰瑞已經做好出外旅行的準備，站在那裡。

……

「接下來，我們要搬到屬於激戰區的王都去，在那裡大賺一票。」

這樣的條件非常有吸引力。

「過去之後，那邊有強敵，敵人的數量也很多。妳要是到那種地方參戰，即使用的是一天只能發一次的魔法，肯定也能夠大放異彩喔。」

考慮到未來的發展性，就這樣跟著雷克斯他們應該比較好吧。

可是……

「王都啊……我的等級還很低，那裡對我而言負擔有點太重了。」

說完，我放開雷克斯的腰帶。

「啥！妳在說什麼啊，要是妳都覺得負擔太重的話，那我們……！」

「而且——」

我打斷了雷克斯的發言。

「雖然住在這裡的時間還很短暫，不過，我有點喜歡上這個城鎮了。」

說完，我對雷克斯笑了笑。

「……妳真是個奇怪的傢伙啊。不過，這個城鎮就是怪胎多，說起來或許是滿適合妳的喔。」

在這麼打趣的同時，雷克斯也對我咧嘴一笑。

「這樣啊，那我們要走了喔。聽說魔王軍的幹部最近的活動越來越活絡了，所以我們要早點去王都，打響我們的名聲。」

說著，他背對我，頭也不回地揮了揮手，然後就往同伴們身邊走去。

我目送了他，暫時沉浸在難以言喻的感慨之中，然後猛然驚覺。

糟了，現在這個狀況不是耍帥的時候！

至少應該拐他請我吃一頓飯……！

只是事到如今才這樣後悔也來不及了。

無可奈何之下，我只好前往張貼隊友招募公告的公布欄。

反正貼在上面的大概還是平常那些小隊吧。

——啊啊，肚子好餓。

我不能再挑三揀四了。

到了這種地步，我乾脆去騷擾正在招募隊友的小隊，就算沒辦法加入，也該試試看能不能拐他們請我吃一頓飯。

——這時，我看到一張之前沒有看過的招募公告。

招募條件寫的是只限上級職業。

在這個都是新手的城鎮，這樣的招募條件未免太有挑戰性了一點，不過我倒是符合這個條件。

可是「現有軟腳蝦最弱職業一名，以及超優秀的美女大祭司一名」這句補充說明，實在讓我非常介意。

能夠讓我產生不祥的預感，算是相當不得了的事情。

用優秀、美女這種字眼介紹自己，讓我聯想到我不久之前才告別的那個人。

不過，事有輕重緩急。

到底是哪個小隊呢……

——當我看見在招募隊友的二人組，不禁僵在原地。

是和我莫名有緣，經常看見的那兩個人。

或許是因為這張微妙到有點讓人看不下去的招募告示影響，好像還沒有人去找他們。

「……吶，還是調降門檻吧。我們的目的是討伐魔王，所以設這樣的條件或許是不得已的沒錯……但是，『只招募上級職業』這種條件還是太嚴苛了。」

那個少年點出了真相。

而無所事事地趴在桌子上的水藍色頭髮女孩……

「唔……可是可是……」

則是像這樣不願妥協。

我想，寫了告示的恐怕是她吧。

也就是說，她就是自稱美女大祭司的那個人。

……大祭司。

藍髮的……美女大祭司！

我不禁嘴角上揚。

難怪鎮上的人們找得那麼拚命也找不到。

看著懶洋洋地趴在桌子上的女孩，我不想冒出這種無聊的想法。

不過，雖然我好像沒資格說這種話，但是我總覺得和這兩個人一起組隊的話，好像會風波不斷。

「再這樣下去也不會有半個人來喔！再說，妳是上級職業沒錯，但我可是最弱職業耶。要是身邊突然充滿菁英分子會讓我更無地自容，不如把招募的門檻稍微降低……」

懷抱著這樣的預感，我走到他們的座位旁邊，裝出酷勁十足的魔法師模樣，拖著虛弱的身體對他們說：

「我看見在招募上級職業冒險者的告示，請問就是你們嗎？」

不過，這兩個人……

我在鎮上看到他們的時候，總是很開心的樣子。

而且我好像也是個怪人，和這樣的他們在一起，或許也不壞。

——這裡是新進冒險者的城鎮，阿克塞爾。

我原本以為這個城鎮對我而言只是一個中繼站。

沒想到，我好像會在這個城鎮待上很久呢。

對著抬起頭呆呆地看著我的兩人，我用力揮了一下披風——！

「——吾乃惠惠！職業乃大法師，使用的乃是最強之攻擊魔法，爆裂魔法……！」

萊因・薛克

琳恩　奇斯　泰勒

萊茲　萊娜　艾因

傑克　湯瑪斯　羅德

雷克斯　泰瑞　蘇菲

御劍響夜

霍斯特

阿克婭　佐藤和真

SPECIAL THANKS

達克妮絲

阿克塞爾的各位

各位阿克西斯教徒

各位艾莉絲教徒

《為美好的世界獻上爆焰！3
兩人合力最強！的回合》

STAFF

原作／曉 なつめ

大家好。我是會手刀劈啤酒瓶的小說家，曉なつめ。
《為美好的世界獻上爆焰！》系列，順利完結！
這部系列作之所以能夠劃下完美的句點，
都是因為有以三嶋くろね老師為首，
責編和編輯部的各位、美編、校稿、業務等等，
要繼續細數的話數也數不清的眾多工作人員鼎力協助，
還有最重要的，就是一直支持這個系列的讀者大人。
為了感謝各位，
我實在很想表演一下我的必殺技藝手刀劈啤酒瓶，
但剩下的頁數實在不夠讓我這麼做，真是太遺憾了。

那麼，希望下次能夠在本篇《為美好的世界獻上祝福！》再會！
由衷感謝各位的購買與閱讀！

插畫／三嶋くろね

我是三嶋くろね。
在外傳也能夠負責插畫真是讓我非常開心！
祝福紅魔族的各位！

編輯

角川SNEAKER文庫編輯部

惠惠　芸芸　點仔

賽西莉

為美好的世界獻上祝福！
暁 なつめ
illustration 三嶋くろね
絶贊熱銷中!!
「你要不要去異世界？可以帶一樣喜歡的東西過去喔。」
「那……就妳吧。」
（廢柴）家裡蹲就此跟（沒用）女神轉生異世界去了……!?
即使組成一群問題勇者，還是要拯救這個美好世界！
廢柴系ww

為美好的世界獻上祝福！外傳
暁なつめ
illustration 三嶋くろね
為美好的世界獻上爆焰！
好評大熱賣!!
《為美好的世界獻上祝福！》惠惠視角的衍生外傳登場！
「——請妳教我剛才的魔法。」
在此即將揭開紅魔族首屈一指的天才魔法師惠惠
一日一爆裂的真相……！
小説家になろう
出自「成為小說家吧」網站

Kadokawa Light Novels

勇者的師傅大人 1~3 待續

作者：三丘洋　插畫：こずみっく

覺醒的才能，繼承的力量。
當兩段記憶交疊之時，嶄新歷史也交織而生——

前往委託者所在之處的「菜鳥冒險者」維恩等人，與懼怕得發顫的「翼人少女」相遇。為了守護失去故鄉的她，冒險者隊伍前往討伐哥布林，眼前卻突然出現了「妖魔」，並讓隊伍陷入殲滅的危機。這時，年幼蕾媞的聲音響起——「大哥哥才不會輸呢！」

各 **NT$220~250/HK$68~75**

台灣角川

無職轉生~到了異世界就拿出真本事~ 1~3 待續

作者：理不尽な孫の手　插畫：シロタカ

被魔力災害轟散了一切，
魯迪烏斯要如何面對接踵而來的試鍊!?

魯迪烏斯由於被捲入原因不明的魔力災害，因此和家人失散。經過災害後，他被轉移到一個陌生的地方。和魯迪烏斯在一起的人是艾莉絲，同時也是他負責擔任家庭教師的對象。內心愈來愈不安的魯迪烏斯身邊出現奇怪的人影……!?

各 NT$250~270/HK$75~80

Kadokawa Light Novels

盜賊神技～在異世界盜取技能～ 1~4 待續

作者：飛鳥けい　插畫：どっこい

分歧的勇者誠二與莉姆
兩人能否於新的城市再相見？

　　為追尋分開的獸人少女「莉姆」的蹤跡，誠二終於在雙胞胎蕾伊和雷恩的陪伴下啟程前往敵營斯別恩帝國。旅途中卻因鄰近出沒的盜賊團而被迫停留在意想不到的場所。這樣的誠二究竟能否順利抵達莉姆身邊？

台灣角川

各 NT$200~240/HK$60~75

國家圖書館出版品預行編目(CIP)資料

為美好的世界獻上祝福!. 外傳 ：為美好的世界獻上爆焰!. 3, 兩人合力最強!的回合 / 暁なつめ作 ; kazano譯.-- 初版. -- 臺北市 : 臺灣角川, 2016.06
面； 公分. --
譯自：この素晴らしい世界に祝福を!スピンオフ : この素晴らしい世界に爆焰を!ふたりは最強!のターン
ISBN 978-986-473-129-9(平裝)

861.57 105006688

Kadokawa
Fantastic
Novels

為美好的世界獻上祝福！外傳

為美好的世界獻上爆焰！ 3（完）

兩人合力最強！的回合

（原著名：この素晴らしい世界に祝福を！スピンオフ この素晴らしい世界に爆焰を！ 3 ふたりは最強！のターン）

2016年6月15日 初版第1刷發行
2024年8月8日 初版第10刷發行

作者：暁なつめ
插畫：三嶋くろね
譯者：kazano

發行人：台灣角川股份有限公司
總監：呂慧君
總編輯：蔡佩芬
主編：林秀儒
副主編：楊鎮遠
設計指導：陳晞叡
美術設計：李思穎
印務：李明修（主任）、張加恩（主任）、張凱棋、潘尚琪

發行所：台灣角川股份有限公司
地址：104台北市中山區松江路223號3樓
電話：（02）2515-3000
傳真：（02）2515-0033
網址：www.kadokawa.com.tw
劃撥帳戶：台灣角川股份有限公司
劃撥帳號：19487412
法律顧問：有澤法律事務所
製版：尚騰印刷事業有限公司
ISBN：978-986-473-129-9